匆匆半生路

—— 拉丁美洲最新短篇小说集

〔哥伦比亚〕路易斯·费尔南多·阿法纳多尔　编

图书在版编目(CIP)数据

匆匆半生路 /（哥伦）阿法纳多尔编；大连外国语大学译.
—北京：中央编译出版社，2015.5
（拉丁美洲最新短篇小说集）
ISBN 978-7-5117-2650-6

I.①匆… II.①阿… ②大… ③王… III.①短篇小说－小说集－哥伦比亚－现代 IV.① I775.45

中国版本图书馆 CIP 数据核字 (2015) 第 103701 号

匆匆半生路——拉丁美洲最新短篇小说集

出 版 人：	刘明清
出版统筹：	董 巍
责任编辑：	孙承唐　季　珂
责任印制：	尹 珺
出版发行：	中央编译出版社
地　　址：	北京西城区车公庄大街乙5号鸿儒大厦B座(100044)
电　　话：	(010) 52612345（总编室）　(010) 52612326（编辑室）
	(010) 52612316（发行部）　(010) 52612317（网络销售）
	(010) 52612346（馆配部）　(010) 66509618（读者服务部）
传　　真：	(010) 66515838
经　　销：	全国新华书店
印　　刷：	北京印刷一厂
开　　本：	880 毫米 ×1230 毫米　1/32
字　　数：	200 千字
印　　张：	7
版　　次：	2015 年 5 月第 1 版第 1 次印刷
定　　价：	25.00 元
网　　址：	www.cctphome.com　　邮　箱：cctp@cctphome.com
新浪微博：	@中央编译出版社　　微　信：中央编译出版社（ID：cctphome）
淘宝店铺：	中央编译出版社直销店（http://shop108367160.taobao.com）

本社常年法律顾问：北京市吴栾赵阎律师事务所律师　闫军　梁勤
凡有印装质量问题，本社负责调换。电话：010-66509618

目录
Contents

关于这本选集　001
〔哥伦比亚〕路易斯·费尔南多·阿法纳多尔

怀念　004
〔秘鲁〕丹尼尔·阿拉尔孔
英译西：〔秘鲁〕豪尔赫·科尔内霍
杨红 译

吉姆·塞森斯　023
〔巴西〕加布里埃拉·阿莱曼
高羽 译

能力测验　033
〔智利〕阿尔韦托·富格特
谭博 译

椿树　066
〔哥伦比亚〕托马斯·冈萨雷斯
黎妮 译

波兰拳击手　075
〔危地马拉〕爱德华多·哈尔丰
崔倩 译

匆匆半生路　087
〔阿根廷〕佩德罗·迈拉尔
姜萌 译

盆景　094
〔墨西哥〕瓜达卢佩·内特尔
高洋洋 译

I

飓风　109
〔古巴〕埃纳·露西亚·波特拉
林杉杉　译

林中景象　124
〔哥伦比亚〕胡里奥·帕雷德斯
魏媛媛　译

多切拉　142
〔玻利维亚〕埃德蒙多·帕斯·索尔丹
献给皮耶罗·赫兹
张达　译

打狗记　157
〔阿根廷〕萨曼塔·施维伯林
邹洋　译

马里亚奇歌手　162
〔墨西哥〕胡安·比略罗
杨骁　译

关于短篇小说写作技巧的论述　177
里卡多·皮格里亚
涂远洲　译

献给作家们的启示　182
安东·契诃夫
涂远洲　译

短篇小说大家谈　185
涂远洲　译

作家年表（小说集写作背景资料）　190
牟馨玉　译

关于这本选集

〔哥伦比亚〕路易斯·费尔南多·阿法纳多尔

拉丁美洲文学,如果缺少了短篇小说,其价值将大打折扣。试想如果缺少了罗伯特·阿尔特、菲利斯伯特·埃尔南德斯、豪尔赫·路易斯·博尔赫斯、阿道夫·毕奥伊·卡萨雷斯、胡里奥·科塔萨尔、胡安·卡洛斯·奥内蒂、胡利奥·拉蒙·里韦罗、胡安·鲁尔福、奥古斯托·蒙特罗索、塞尔希奥·皮托尔、比希尼奥·皮涅拉、胡安·何塞·阿雷奥拉等人的短篇小说,拉丁美洲文学的风貌将会变得多么贫瘠。正如一些著名的评论家和学者所说,"拉丁美洲小说爆炸"的成功,若没有博尔赫斯的短篇,没有他对时间和空间的探究以及对现实不同层面的反映,是不会震惊整个世界文学的。意识到这个问题的马里奥·巴尔加斯·略萨在他的一篇著名文章里这样评价:短篇小说家博尔赫斯是拉丁美洲新小说的奠基人。这一点毋庸置疑,在我们这片土地上,短篇小说已经是一类重要的体裁。

20世纪70年代,许多雄心勃勃的作家是以一部短篇小说集作为处女作开始文学创作的,当时也是出版短篇故事集的高峰时期,"我从写短篇小说开始"是那个时代作家总说的一句话。但以后,出版社借口公众对短篇小说的不感兴趣,对其有些忽略,而将目光转向人们喜欢的长篇小说。这很容易证实,不需要借助数据在此说明。实际上,人们不敢完全放弃短篇小说,或许感到愧疚或是出于好奇,或者还有其他可能的原因。我们发现短篇小说的书籍继续在出版,而且最重要的是,人们继续在写它:近年,拉丁美洲的作家们没有放弃短篇小说创作,这也无需列出代表性的实例。虽然令一些人感到很惶恐,但我认为这符合市场需求,它确实继续创造效益。但短篇小说家们不理会市场的压力,只专注于形式问题。他们从事短篇小说创作。只为丰富这类体裁。

是的,丰富它,而又不让它贬值。当我看到这本选集里的全部短篇小说时,我很惊喜地发现,这些作品继承了前人的伟大遗风:爱伦·坡,莫泊桑,契诃夫。短篇小说也在发生着改变。每位短篇小说家都有属于自己的不可磨灭的特征。当然,我们指的是在艺术方面,但又有一种相似的气息,一些共同的特点:对现实的剖析以及故事结束后留给读者的想象。新颖之处在于作者的个人经历和反映时代的精神。丹尼尔·阿拉尔孔,一位用英语写作的秘鲁作家,提醒我们说,现在拉丁美洲的边界已经扩大。他的短篇小说《怀念》,讲述的是一位在纽约生活的秘鲁人的思乡情结。纽约也是哥伦比亚作家托马斯·冈萨雷斯《椿树》的故事发生地,它讲述了一段细腻的爱情和背叛贩毒团伙的故事。离这个城市向南一点,在新奥尔良,厄瓜多尔女作家加布里埃拉·阿莱曼揭示了在卡特里娜飓风过后,始料未及的社会和人们的悲惨经历。这场飓风与古巴作家埃纳·露西亚·波特拉的短篇小说《飓风》类似,然而她希望有能力去改变古巴的陈旧体制。胡安·比略罗,用它的《马里亚奇歌手》展示了作为一个非典型的墨西哥人如何讽刺他的身份和陈词滥调。斗转星移，而暴力仍旧存在。危地马拉作家爱德华多·哈尔丰，用非常个性化的方式，讲述了犹太大屠杀的幸存者在美洲土地上生活的故事。阿根廷女作家萨曼塔·施维伯林，他们当中最年轻的作家，在《打狗记》里再现了一个准军人的入学仪式的令人毛骨悚然的场景。智利作家阿尔韦托·富格特的《能力测验》，讲述了在大学预料考试前，几个问题青年在巨大的压力下发生的故事。他的短篇小说试图接近一种电影语言，带有实验色彩，如同阿根廷作家佩德罗·迈拉尔的《匆匆半生路》，现实的时间被尽可能地压缩。

但也有想象天地，以便讲述情侣间的复杂关系和爱情，比如墨西哥女作家瓜达卢佩·内特尔的《盆景》，以及哥伦比亚作家胡里奥·帕雷德斯的《林中景象》。当然，也有在细腻的情节下安排的放荡不羁着魔似的爱情，比如埃德蒙多·帕斯·索尔丹的《多切拉》。

拉丁美洲最新短篇小说集，进一步证实了一个一直存在的文学体裁的生命力。一直吸引着最优秀的男女作家们。它将会一直延续下去。只要短篇小说不断地发表，人们就会继续阅读它。

怀念

〔秘鲁〕丹尼尔·阿拉尔孔
英译西：〔秘鲁〕豪尔赫·科尔内霍
杨红　译

在到达纽约的第二天，瓦里无精打采地走在曼哈顿中城区，寻找航空公司的办公室。他已经决定忘记那一切了。这是9月初的一天，夏日的余韵使这座城市充满温暖、热情又富有吸引力。瓦里徘徊于人潮涌动的人行道上，对周围的高楼大厦感到惊奇，他觉得，至少对他而言，这座城市确实算得上是世界之都了。在火车站已经见过跳街舞的和吹奏竹笛的乐师们，还见到了一个中国男人跟另一个人用奇怪的电子口风琴演奏贝多芬的交响曲。时代广场上一个多米尼加人抱着真人大小的玩偶跳着加勒比狂热的美伦格舞。人们围着他们疯转，笑着，随便地向舞者投掷钱币。当谁的手色眯眯地划过玩偶臀部的曲线时，大家又哄然取笑起来。瓦里没能在这一天去成航空公司的办公室，没向柜台里不知是谁的女士微笑，也没勉强去缴付100美元的改签费用。而是漫无目的地游逛，花时间冥想此处的异国情调、思考这座城市，它的气味和闪闪发光的外表，直到在一群一座摩天大楼脚下的人行道上挖坑的工人面前停了下来,瓦里坐下来吃午餐,观察他们巧妙地用挖掘机刺穿混凝土地面。瓦里早上已经准备好了一个三明治,现在拿出来随便吃掉。人群一波一波地走过,在街角聚集,信号灯一变,就成群地穿过大街。几个人把一颗幼树苗从一辆卡车上搬下来,栽到刚刚挖好的坑里,然后填上土。"坑里都栽上树。"瓦里开心地想道。但是那些人的工作还没结束,他们就点燃香烟,大声地交谈起来。一会儿后,他们中的一个人推来了满满一小车切成小方块的绿草皮,大家一块一块地把绿茵茵的草皮填充到树的周围。这事儿做起来并不难。在瓦里吃饭的功夫里,他们已经挖好了一个坑,栽上了树,并用绿油油的草皮把周围装点起来。在地上挖出一道沟,又把它覆盖上、复原并美化。这对整个城市而言并不算什么,生活在夏末明亮的天空下仍然如常地继续着。

  瓦里又走了几步,在一伙给游人画肖像的日本艺术家面前停下来。那些人用精雕细琢的名人肖像给自己做宣传,但瓦里只认得其中的几个人。他认出了比尔·克林顿和伍迪·艾伦。剩下的对瓦里而言只是一群漂亮而陌生的脸蛋,仅让他想起了数百名男女演员。这种活儿他干起来轻而易举。艺术家的手灵巧地在羊皮纸上移动着,以快速的笔触在这儿涂涂那儿抹抹。人们停下来看他们作画,但肖像画家们好像完全超然于人群之外、对围观没有感知,只是时不时地看两眼顾客,以防画错。肖像一完成,客人总是会笑起来,好像对在纸上看到他们自己的形象感到很惊喜。瓦里也笑了,就像到目前为止他在这座城市看到的一切一样,虽然还不能解释那是为什么,但他觉得很具民间性,是很特别、值得记住的事儿。瓦里应邀参加一个在纽约的艺术展。事情的起因很突然,是在酒吧跟一个叫埃里克、来自美国的进修人类学博士、生性善良的红发游客聊天时偶然发生的。埃里克说一口还不错的西班牙语,是瓦里一个大学朋友的朋友。两个人谈到了厄瓜多尔的国宝级艺术家瓜亚萨明、印第安肖像学、立体主义和秘鲁沿海的帕拉卡斯纺织传统,还共饮了几瓶一升装的啤酒、度过了一段欢乐的时光。他们用夹杂着西班牙语和英语的词儿,再加上画在餐巾纸上的图案,喝着喝着沟通就流畅了起来。最后埃里克决定拜访瓦里的工作室,回纽约的时候还带了两幅他的画作,又通过他们学术部办了一场展览。不久后,瓦里收到了一封热情洋溢的电子邮件和一份铜版纸邀请函。对是否接受这个邀请瓦里反复思量了几周,然后接受了,往返的机票花费了他大半的存款。那时只卖这个舱位的机票。一到纽约安顿下来,瓦里就把返程的机票藏到箱子底儿,仿佛它是放射性材料做的。他实在不知道该拿它怎么办。第一个晚上,当住处一切归于安宁,瓦里把机票从箱子里拿了出来,仔细地验看。那是不同于一般纸密度的一张纸。瓦里梦到它在黑夜里闪闪发光。

　　瓦里到达时见到了主人的爱人莉亚,她正在做意大利面。夜幕还未降临,埃里克还没有到家。瓦里本想给莉亚一五一十地讲讲他看到了什么,为什么感到那么震撼,但是却因为缺乏词儿表达不出来。莉亚不说西班牙语,为表歉意,她一直在微笑,并不断地给瓦里拿这拿那,一杯茶,烤土司……瓦里一一接受了,因为他不知道该怎么拒绝。他对他的英语水平感到羞愧。当水开了的时候,莉亚去了客厅。

　　"今天怎么样?"莉亚问瓦里,"你今天过得好吗?"

　　瓦里点头。

　　"那太好了。"她说,一边把电视的远程遥控器递给瓦里,自己又回到了小厨房里。瓦里不想显得没有教养,于是就坐到了沙发上,开始一个个换着电视频道。他能听到莉亚小声地哼着一首歌。莉亚穿着卡到胯的牛仔裤。瓦里努力使注意力集中在电视上。体育比赛节目、新闻、脱口秀……瓦里试图听懂他们在说什么,听得头直疼,然后他选了个棒球比赛,把音量调低。比赛很没劲,简直看不下去,瓦里没过多一会儿就睡着了。

当瓦里醒来的时候,面前已摆好一盘食物。埃里克已经回家了。"晚上好!"埃里克大声、夸张地向瓦里问候。"比赛不错吧?"他指着电视问道。这时,电视上两个运动员正站在投手丘上说着什么,说话时还用手套遮着脸。"是的。"瓦里说着扣掉了眼屎。埃里克笑道:"纽约洋基今年又会是冠军,他们穿白色队服。""非常抱歉。"这是瓦里能够评论的所有内容。

两人用西班牙语谈论了一会儿关于两天后开幕的展览细节。瓦里的画被棕色的纸包着杵在了墙边,做了"易碎"的标记,它们第二天就会挂起来了。"这段时间你在这儿有工作的计划吗?"埃里克问。"我是说画画。我们学术部的人跟我说可以借你一个工作室画几星期。"

这事儿可跟埋藏在箱子底儿的那张似乎有辐射的机票大有关系。瓦里觉得手很痒,但他没带画笔、油彩,也没有铅笔,什么都没有,也没钱买齐这些材料。事实上,他想他得过好多年之后才能再做这个事情了。不能画画他的生活会是怎样的呀?

"不了,谢谢。"瓦里握紧拳头,用英语回答道。

"你在休假吗,哎?挺好呀,伙计,好好享受这座城市吧。"

瓦里问了埃里克电话卡的事儿,他告诉瓦里说很便宜,到处都有,在任何一个小食品店,小商店,药房或者报摊上都可以买到。"我们保持联系啊。"埃里克说着笑了起来。"它们跟彩票在一块儿卖。你还没往家里打电话吗?"

瓦里摇了摇头。想必此时家人们在思念他了吧?

"你应该打个电话的。"埃里克说道,并在扶手椅上坐好。莉亚已经回卧室去了。

主人对着光亮闪烁的电视机只顾在那自言自语,瓦里在一边儿吃饭。

美国大使馆屹立于利马一个舒适街区的荒山前面,是一座巨大的镶嵌着瓷砖的碉堡,宛如一个精美雅致的卫生间。院墙的大门离主楼实在是太远了,站在大门那儿朝主楼扔石头,费好大的劲儿也不一定能击中一楼。每天早上,太阳还没出来,秘鲁人就会在外面排起大长队,甚至会长到拐过一个街口,巴望得到迈阿密、洛杉矶、新泽西州或其他任何一个目的地的签证。

自去年 9 月袭击事件发生以后,使馆让队排得更远了,要在蓝色路障之后,甚至要排到宽阔的人行道边缘。之后,今年 3 月,一辆炸弹汽车为"欢迎"美国总统来访爆炸。死了十个秘鲁人,其中有一个十三岁的小男孩非常不幸地在那个糟糕的时刻滑着滑板从使馆附近经过。炸弹的碎片刺穿了他的头骨。爆炸发生后大道立即封闭,只允许官方车辆通行。现在,除了星期天,即使不如从前,每天早晨排队的人依然那么多。

出行前,瓦里出示了邀请函、签证费收据和别的所有文件:产权证、财务状况、大学学历证书、他在画廊所举办的展览和展示列表、出生证、与他轻率的婚姻以及仿若解脱般的离婚的相关文件。所有纸质的,每一份与他 27 年生存有关的证明。其中最重要的当属印有埃里克所在大学的公文信笺邀请函了。埃里克跟瓦里说过这不是一所随便的什么学校。瓦里意识到邀请函应提及邀请机构的名字以示尊重，这样大家都会认可他的信誉。埃里克向瓦里保证这样使馆会向他大开方便之门。

但是事情并非如此，使馆的女士对瓦里说："我们已经不签发90天签证了。"

瓦里透过塑料窗把邀请函和上面烫金的字迹和华美的水印指给她看，但是女士并不理睬。"两周后再来吧。"她对瓦里说。

瓦里只能按她说的做了。于是在他的护照上，他得到了为期一个月的旅游签证。

在迈阿密机场，瓦里再次出示了他的证件、护照，又从信封里单独取出烫金字体的邀请函给他们看。让他惊讶的是，工作人员立即就把他拉到一个约谈室，看都不看他别的证件。瓦里在空荡荡的约谈室等着，想起了他的一个朋友跟他开玩笑的话："你记着剃胡子啊，不然人家会当你是阿拉伯人的。"他这个朋友曾在谈及他遇到的这类事时气得把杯子摔在酒吧的水泥地上，在场的人都鼓掌叫好。此刻瓦里能感觉到他脸上的毛孔里冒出了汗珠。他心想自己的面相是多糟糕啊，看上去是那么疲惫和邋遢，像个危险分子。他还能感受到肺部来自机舱的循环呼吸的污浊空气，也感到自己的皮肤在荧光灯下变得暗淡了。

一位穿制服的移民局公务人员走进来，开始用英语问他问题。瓦里尽可能好好地回答他。"你应该是艺术家吧，对吗？"官员边看他的证件边问道。

瓦里虚握住一只画笔在空中画着圈圈。

移民局官员对他做了个手势示意他停下来，接着检查了那些证件，直到他的视线落在了瓦里的银行账户余额上，眉头一皱。

"你要去纽约?"他问瓦里道,"还一个月?"

"在利马签证的时候他们给了我一个月的。"瓦里谨慎地回答道。

官员摇了摇头。"你这点儿钱不够在那儿逗留那么久的。"他看了眼邀请函,然后点点出现在瓦里银行账户最后的那个几乎可以忽略不计的数字。官员把它指给瓦里看,瓦里的笑容很僵硬很勉强。"你只能在纽约待两周,再多就别想了。"官员跟他说。"我对你已经够大方了,一到纽约你就赶紧去改签机票,知道吗?"

他在瓦里酒红色的护照上盖了章,又贴了一个新签证,然后让他走了。在行李提取区,瓦里在一个空了的旋转木马旁找到了他的画。他走向海关,在那儿他还得再回答一些问题才被允许入境。瓦里耐心地接受行李检查,看他们翻弄他的衣服。他们彻底检查了瓦里的画儿,这回,有烫金抬头的邀请函终于起作用了。

瓦里终于从海关出来了,头都晕了。他突然觉得机场忙乱的喧嚣声让他昏昏欲睡,一阵浓浓的睡意袭来。他想,90天才是人性化的时间,充足的时间才好做决定,才好发现他的不足之处,才能找份工作,应对一些可能发生的事儿,才能想象一下永恒性的告别方式。不是因为好像瓦里没有可以失去的,他有父母、一个兄弟、好朋友、一份刚从利马开始的事业和一个前妻。如果瓦里抛弃那一切会怎么样呢?甚至整整一个月用来思索整件事——在一个新的城市徘徊,发现一门外语的特性——才足够用来做这些。但是,两周?瓦里觉得这也太不近人情了。他掰着手指头数着天数:把画取下来24小时后他就算非法居留了!瓦里想解决办法肯定是有的,但这么快也想不到啊,如果有三个月的时间……但是没有办法,已经给他明确了14天的时间。瓦里晕晕乎乎地就好像被迎头闷了一拳似的横穿了迈阿密机场。他拖着两条腿,在门差点关闭的时候到了要转机去纽约的登机口。瓦里再次在登机桥上被拦住了,一个戴着胶皮手套的女人检查了他的鞋子,瓦里朝她没精打采地一笑,她却连点儿回应都没有。在飞机上,瓦里把脸倚在椭圆形的飞机小窗上就睡着了,反正也没什么好看的。阴着天的佛罗里达南部,看不见地平线,也看不见明信片上那样的万里晴空,除了飞机一侧灰蒙蒙的机翼和从它边缘冒出的像破碎的烟圈儿一样的烟尾,什么都看不到。

莉亚说着抱歉,把瓦里叫醒了。"我得工作了。"她轻声说道。"反正你是不能再睡了。"莉亚冲瓦里笑道。她把头发扎成一个马尾,闻起来很干净。莉亚是制作珠宝首饰的,埃里克睡觉的卧室,其实就是客厅,也是她的工作室。

"没关系的。"瓦里在扶手椅上坐下来,努力隐藏起自己晨勃的反应。

莉亚看着他笨拙地摆弄着床单,笑了出来。"相信我,我已经看过多次了。"她跟瓦里说。"我每天早上都是在埃里克身边醒来。"

瓦里觉得自己脸红了。"真幸运。"他用蹩脚的英语回答道。

莉亚笑了。

"他在哪?埃里克呢?"瓦里问,对自己的发音感到很难为情。

"在学校上课呢。教一些中学生,都是年轻人。"莉亚回答道,还把"年轻人"用手势比划着"小的"。

瓦里想象着埃里克那张苍白的大脸,还有他的一头红发,教着面前一群微缩了的人,小小的人仰脸看着他,充满对知识的渴望。瓦里很高兴莉亚开始试图跟他沟通了。瓦里说的不多,但能听懂很多。可是,怎么把这个情况解释给莉亚知道呢?

他观察了莉亚一会儿,看她打磨一块银条,再把它弯成环。瓦里喜欢看莉亚精细的工作,而她好像也并不介意有人看。莉亚锉平了一个部件,用砂纸磨,又给它抛光,然后用一个比她细嫩的手粗糙很多的工具把它弄弯。她很有技巧地把握着锤子,是个意志坚强的女人。这是一种令人印象深刻的演示。"我快好了,"最后她说道,"待会儿我希望你跟我去,我认识一个秘鲁人,你可以跟他聊聊。"

瓦里洗了个澡,吃了一碗冷麦片,然后两个人就朝市中心出发了。莉亚认识的那个秘鲁人叫弗雷迪。莉亚不知道他到底来自秘鲁何地,虽然记得他是提过的。弗雷迪在运河街一个露天市场工作。多年前莉亚用她灿烂的笑容博得了弗雷迪的好感,于是他让莉亚在他那寄卖她的珠宝首饰。莉亚每两周给他带去些新产品,然后看弗雷迪做的已售的和余货清单,再听他分析分析原因。莉亚告诉瓦里,弗雷迪现在住在新泽西,跟一个中国姑娘结了婚。"他们之间用蹩脚的英语沟通,是不是很不可思议?"

瓦里点头。

"这就得说是爱的力量了,你说是不是?"莉亚问。"他们之间得完全相互信任,通过英语所了解的那点儿东西跟各自使用自己语言时所表现出来的人格比起来简直是可以忽略不计。"

瓦里陷入了沉思。火车轰隆轰隆地向曼哈顿南部驶去。但是事情总是如此,他想说,谁也不能完全了解另一个人。不过他没有说出口,而是沉默了。

"我说什么你能听懂吗?"莉亚问他。"我再跟你说慢点儿好吗?"

"当然,"瓦里说,事实也是如此,但是他无法再多说些什么了。

瓦里观察着每到一站就减小的街号和在行进示意图上不断向前的地铁指示灯。人们对这个岛的最南端有个固有的印象。他们在到达这条河的尽头前下了车。一到了运河街,只走了几个街区就让瓦里想起了利马:密集的人群、噪音,像个马戏团一样。到处都有人讲外语。他在这个地方觉得很舒服,至少不介意莉亚揽着他的胳膊,带着他快速地在人群中穿梭。他们的肩膀总会跟其他人的撞在一起,移动起来很困难,像在瓢泼大雨中行进一样。

结果弗雷迪是厄瓜多尔人,莉亚觉得特别难为情。她通红的脸色让瓦里想起了黄昏的余韵。瓦里和弗雷迪让她安心,说这不算什么事儿。

"我们是兄弟国家。"弗雷迪说。

"我们有共同的历史和边界。"瓦里说。

弗雷迪礼貌地笑了笑,对就在几年前两国签署的和平条约谈了几点看法。瓦里接着他的话头说了几句,并且大力握了握他的手,直到莉亚不再为她的错话而感到不安。随后莉亚和弗雷迪谈了点生意上的事情,讨价还价你来我往的跟逗耍似的,更像是在调情。当然,莉亚占了上风。谈完之后,莉亚说了句抱歉就留下瓦里和弗雷迪自己向别的摊位走去了。

等莉亚走远了点听不到这边说话的时候,弗雷迪转向瓦里:"老兄,别让我给你找工作,"他皱着眉头说道,"生活对我来说已经够不容易的了。"

瓦里一下愣住了。"谁求你了?我有工作,乔洛人。"

"那就好,老兄。"

瓦里不理他了,观察起摊位来。一边有用小鸡尾酒叉做的怪诞的耳环，另一边是一些黑白照片，有白雪皑皑银装素裹的安第斯山，石头堡垒的废墟和殖民风格的教堂。没有一张是带人物的：纯风景，建筑和印加人雕刻的零零散散的石头。所有都看上去荒漠一片，无人居住的感觉。

"没带人的。"瓦里说。

"都移民走掉了。"弗雷迪嘲弄地答道。

"这鬼东西他妈的能卖吗？"

"当然可以。"

"她呀，是我女人。"瓦里突然说道，他挺喜欢自己突发奇想说瞎话时的腔调以及弗雷迪一副目瞪口呆的样子。

"那个美国佬？"

"是呀。"

"得了吧，傻逼！"弗雷迪说。

这时候，来了两位顾客，一位女士和她男朋友。弗雷迪开始跟他们说起英语来，口音很重但还可以接受，边说边给他们指点一些物品，给女士推荐适合她肤色的耳环。女人试戴了一对儿，弗雷迪给她举着镜子。女人的男朋友随意地扫视着那些照片。瓦里问莉亚去了哪里。女人转身朝向瓦里，问他道：

"你觉得怎么样？"她来回看着瓦里和弗雷迪两个人。

"很漂亮。"瓦里说。

"美极了。"弗雷迪夸赞道。

"这是哪儿产的？"女人指着块青金石问道。

"秘鲁的。"瓦里回答。

弗雷迪的脸色沉了下来，回答说：

"安第斯山的。"

"崔佛，"女人叫她男朋友。"是秘鲁的呀！很漂亮，对吧？"

女人拿出一张 20 美元的钞票。弗雷迪找了她钱，用亮光纸帮她把耳环包起来，还给了她张名片。小情侣说着话走远了。瓦里和弗雷迪再次陷入了沉默。

莉亚回来了，瓦里笃定可以装作不经意地碰触她，而她也不会觉得怎么样。他感觉到弗雷迪在观察着他的每一个动作。"你告诉弗雷迪你画展的事儿了吗？"莉亚问他。

瓦里摇头。"你太谦虚了。"莉亚说，然后把画展的所有细节都告诉了弗雷迪。为了取悦瓦里，她还夸大了他的重要性和分量。瓦里一下子觉得自己仿佛是个出访的政要名人了。

瓦里把胳膊搭到了莉亚的肩上，她并没有制止。弗雷迪说他恐怕是没法参加瓦里的画展了。

"好吧，但是你可以尽量吗？"

"尽量来吧，朋友。"瓦里补充道，一点也没在意自己糟糕的发音。

离开不是问题。事实上，还很激动，像毒品一样让人上瘾。远离故土会完全消磨一个人。这是跟移民们分享而来的智慧，是倾听离开祖国十几年后重回故土的人的声音。听他们讲：兴高采烈的高涨情绪很快会平复下来，面对新鲜的事物也感觉不到新鲜了，再然后，消遣玩乐的能力也退化了；异国的语言会让你不知所措，你会疲于探查；然后脑海里会无厘头地冒出一个又一个想念的东西来。思乡的情绪会使一切黯然失色：在你的记忆中，祖国是那么的整洁、公正，街道都很安全，人民生性热情，食物总是那么美味合口；过去生活中那些神圣不可侵犯的细节一遍又一遍地被想起,充满怀念,所有的一切让人从曾经的梦想中清醒过来。荷包里都是钱,但心却是病弱而空寂的。

瓦里准备好要面对这一切了。

他跟几个朋友在利马聚了聚,向他们告别。不是什么正式的送行仪式。在聚会高潮到来前一直都一口口地喝着酒,开着玩笑,间或适宜地笑一笑——第三世界特有的魔力。"我也许回来,"瓦里跟大家说,"也许就不回来了。"他把装了各种东西的两个箱子封存在了他父母家靠后的一个房间。从他卧室墙上撕下来几张海报,用修正液把小孔堵上。瓦里宽慰他母亲说,如果过了一个月他还没回来的话,就把他的房间租出去增加点收入吧。母亲哭了,但只掉了几滴眼泪。兄弟祝他好运。瓦里在星期天晚上的家宴上向大家举杯敬酒,并保证说很快就会回来的。他拥抱了父亲,接过老人家放到他手中的崭新的一百美元的钞票。在瓦里临出发前的最后几天里,他跟埃里克激动地通过电子邮件,完善了展览的一些细节性问题:画布的具体大小、简历的翻译、新闻稿……都是画展开幕的手续和要求,但瓦里只觉得是噪音和废话。对他而言,唯一要紧的是他的机票,起飞的跑道和必不可少的靠窗的座位,以便可以最后短暂地再看利马一眼,以及沙漠炼狱和越来越近的北极光。

我准备好了,瓦里想着。

没有人对他做的决定有争议,因为他的逻辑绝对清晰而有理有据。去那儿做什么?还能跟父母住多久?一个离了婚的画家、兼职教师,在这样的地方,一个艺术家能做些什么呢?在美国,一个人可以扫地赚钱,如果你愿意干活的话。你愿意干点活,是吧,瓦里?

"是的,当然了。"

"什么活儿都行？室外露天的？装货卸货？搬运？清洁？"

"都行，有什么就干什么。"

这就行了。还有什么问题？都问了吧。

只有瓦里的母亲表示有点担忧。"这事儿要告诉埃莉一声吗？"他出发前几天妈妈问道。瓦里早就等着被问了。埃莉，他既爱又恨的前妻。至少他们间没有可以长大了怨恨他们的孩子。瓦里感到欣慰的是一切都已经结束了，他断定埃莉也是这么认为的。

"不用了，妈妈。"瓦里回答道。"跟她没有任何关系。"

母亲笑了，笑了又笑。

瓦里在埃里克的公寓做着白日梦，补充关于莉亚的那个谎言。倚靠在扶手椅上，打着给朋友们邮件的腹稿，给他们讲关于莉亚的事情，描述她的体型和肤色。只能逗留14天这个难题的解决方案是：跟她结婚然后留下来，跟她结婚后就能再回来了，只要跟她结了婚别的问题就都迎刃而解了。瓦里想象着他们仅通过些简单的词汇，头部的动作，微笑和诱人的肢体语言就相爱了。给莉亚用图图圈圈比划着讲他家族的故事：简陋的房舍，家乡暗淡的色彩，曾经幸福过的婚姻和解除婚姻关系的缘由，感情是怎么从内里开始变质崩塌，成了段堪称经典的爱情讽刺剧。正午过了一点儿，莉亚要去做侍应生的工作了。打开淋浴头。透过薄薄的墙壁，瓦里能听到水流打在她身上的声音。她浅栗色的头发被水打湿后颜色重了些许。瓦里闭上眼想象莉亚赤身裸体的样子，然后又想了想埃莉的。瓦里打开电视让声音充满整个房间。袭击过后已经近一年了，电视上还在不停地重播着当时的事件。瓦里换了个台，又胡思乱想起来：弗雷迪坐在回家的火车上，他的中国小妻子在等他回家，他心中思索着瓦里吹嘘的是不是真的；埃莉，在利马的某个地方,甚至都不知道他已经离开了;而莉亚,洗着澡,想着除他以外其他任何可能的事情。调到哪个台都能看到尘埃中倒塌了的世贸双塔。瓦里干脆关掉了电视的声音,等待莉亚在水流中奏出的乐声来。

瓦里敲了两回木门。这发生在数年前。"妞儿,"瓦里叫着即将成为他妻子的女人,"妞儿,你在吗?"

埃莉不在。她把音乐开着,音量调得很大,好吓唬小偷。她住在玛格达莱纳,是一个临近海边破败的区,在那儿,没人在的公寓里音响都开得震天响。14岁的小男孩们吸着用嫩玉米秆卷的烟,用拇指和食指挡着免得被风吹熄了,并时刻警惕着四周,看有没有便衣过来。他们在街上踢足球,朝摩的扔石头。瓦里接着敲门。"出去了。",街上有人跟他说道。其实瓦里已经知道了,但是还是十分想见到她,想亲吻她,拥抱她,告诉她自己的好消息。

那个时候是他青春年华最幸福的时刻了。

My good news, baby(我有好消息,宝贝):那是他在米拉弗洛雷斯一个画廊里办的第一个画展。一个有红酒和展品目录的真正开幕典礼,他们还跟他承诺会有新闻报道,也许,是在星期天某个杂志上占半个专栏的采访。这些就是他想告诉埃莉的。

瓦里又敲了会儿门。哼曲子的声音在套房里响起。他从小拎包里取出纸和铅笔给埃莉留了便条,英语的。两个人都在一个学校学英语,埃莉的学习热情比起瓦里来差得多。英语就是故作风雅,她说。为卡斯蒂利亚(西班牙)语的消亡感到遗憾,英语词儿正在时髦,这是到处可见的现象:电视上,印刷品,电台……咖啡馆里,他的朋友们这样说话:"是的,但是 nice(亲切的、友好的)的人就这样。你们不知道这种 feeling(感觉)"。你学什么英语,啊?亲爱的瓦里,你就专心作画好了,一切都会好的。埃莉能让他开心,所以他爱她。在一小块儿从本子上撕下来的纸上,给埃莉写道:

I come see you, but instead meet your absence.(我来看你了而你却不在。)

漂亮!写得好!瓦里想。在纸的一个小角落写上了一个 W,他就单纯地想这样做而已——就像还有谁能来看她,然后给她留一个这样的信儿——瓦里把纸条钉在门上,下了楼。这时音乐声在空旷的套房四壁间回荡,声音大得从街上都能听见。瓦里除了等埃莉外没什么好做的。街角的一个男孩子朝他皱起了眉头,而瓦里却回了他一个微笑。这是傍晚,天上映着落日的余晖。

开幕式的日子到了,但是来的人并不多。"这是时运不佳,"埃里克挽着莉亚的胳膊,说道,"一周年让大家都很紧张。"

"害怕了?"瓦里问。

"就是这样。"莉亚回答。

瓦里觉得这没什么。他也害怕。不是因为世界会大爆炸,也不是因为曼哈顿会沉入海底,是实实在在的恐惧。他的画作在聚光灯下闪耀。稀稀拉拉的人进进出出,喝着塑料杯里盛着的香槟。瓦里有种奇怪的感觉,觉得这些画都是别人画的,一个在他生活记忆里某个遥远的时刻认识的人。他得出的结论是这些画都没什么特别的,它们这么存在了,就像我存在,一个道理,如此而已。

流亡者瑰丽的幻想,大家都在那里,在你的故乡,你的家中,你的敌人和朋友,所有人都像刺探隐秘者一样窥视着你。你所做的一切都变得很重要,因为你远离了。在你的国家,日常就是这样的。而在这里,却是不同凡响,意义非凡的,有发现的价值。你们能看到我吗?在这个城市,这座教堂?在纽约的这家画廊?瓦里不关心有没有人来看,也不关心一百个街区外艺术品的交易。瓦里对事实的情绪把握会很到位,不是为了他自己,而是为他人,为了让大家高兴。我一切都好,妈妈。他会在跟妈妈通电话时这样说。联系起来还不太方便,但是现在,我肯定一切都会好的。

招待会结束之后,埃里克和莉亚请瓦里跟他们的朋友一起去喝几杯。瓦里注意到他们俩的情绪有点糟,觉得仿佛他们辜负了他。埃里克抱怨学生们的冷淡。不遵守承诺,他这么说。他说,他们学术部也是一片混乱,没有做好宣传工作。莉亚只是点了点头。瓦里说什么都不能说服东道主,让他知道他本人其实并不怎么在意。我利用了你,他倒是想这样告诉他,我只不过是个画画儿的。但是这样做他觉得有些残酷,忘恩负义,是不对的。

"没关系的。"瓦里一遍一遍重复道。"我们弄的挺好的。"

"是的,当然,但是……我感觉不太好。"

美国人经常觉得不太好。他们满脑子乱七八糟的精神负担,满世界地跑。拍很多照片,买流行的艺术品,同时却对自己和世界深深地感到失望和沮丧。眼含着泪水毁掉森林。瓦里笑了起来。他想告诉他们,他都能理解,埃里克没什么错,发生的事情完全正常。他拉起埃里克的手,紧紧握住,说了声"谢谢"。

酒吧的气氛很火热。电视正转播着12个城市间的棒球比赛。埃里克的朋友们过来拍拍瓦里的背,祝贺他,齐声说"太好了"。他们不让瓦里掏一分钱。酒点了一轮又一轮,直到把啤酒的广告灯看成了模糊的有蔓藤花纹的霓虹灯。他们叫喊般的交谈瓦里几乎一个字儿都听不懂。有一个姑娘给他暗送秋波。是个娇小动人的姑娘,很惹人怜爱。瓦里看她跟莉亚低语,然后两人一起朝他看过来,嗤嗤地笑了。瓦里也回她们以微笑。

"我很喜欢你的画。"稍后姑娘跟瓦里说。聚会已经接近尾声,有的人已经走了。莉亚和埃里克也已经跟大家分开了。他们互相亲吻,共同欢笑,在他们彼此的目光中,瓦里感觉到他们是很相爱的。瓦里觉得自己像个傻瓜。

他刚才没留意到面前站的女人。

"谢谢。"瓦里跟她说。

"太暴力了。"

"这不是我本意。"

"这是我看到的。"

你能看出来,这很好。暴力时有发生。

"我叫艾伦。"姑娘说道。

"很好听的名字,我前妻叫埃莉。"

"你是瓦里?"

"我是。"

"你想在这待多久?"

"签证还有十天。"瓦里如是说道。

"哦……"

"但是其实我也不知道要待多久。"

又喝了很多酒,借着酒吧的喧闹又喊叫出很多醉话。艾伦笑起来很甜，有一双让瓦里想象着吻上去是何等滋味的嘴唇。他的手轻轻地放在了她的腿上。在酒吧一角，莉亚和埃里克不停地接着吻。你计划待多久？我不知道。待多久？多久？我不知道，不知道。瓦里很想把酒杯砸向地面，但他又担心不能把它摔得粉碎，没人给他鼓掌喝彩，没人能欣赏这美妙的声音。日子过得飞快。当他意识到这点的时候，已跟艾伦站到街上，艾伦正教他怎么打车。你得大胆点儿，她这么跟瓦里说。她知道我们没车可打吗？瓦里很诧异，心想。她知道我们是骑骡子旅行的吗？但是瓦里马上就觉得这都不要紧了。她这么说是没有恶意的。瓦里觉得整个世界都膨胀起来，所有细节性的东西都消失不见了。这个女人是谁？这是哪座城市？晚上很暖和，天空，如果你直接抬头向上看的话，会看见一片蔚蓝。瓦里站在市中心，被酒精淹没了理智。得给妈妈打个电话，瓦里想，得告诉她我还活着。还得打给埃莉，告诉她我已经死了。

他们俩在街角停了下来。黄色的出租车一辆接一辆地从他们身边驶过，瓦里伸出手臂招呼，它们并不理睬。这不管用啊。瓦里转向艾伦，困惑地看向她，看向街的尽头。

"出租车在那个地方，你不知道吗？就在那儿。"艾伦说，牵起瓦里的手。

他们俩都默不作声了。艾伦用两根手指指向南边的地平线，那里是岛的尽头。瓦里往上看，看头顶上方那片并不开阔的天空。

吉姆·塞森斯

〔巴西〕加布里埃拉·阿莱曼
高羽 译

或许这不是最好的决定,可他心意已决。政府下达了必须撤离的命令,但他还是决定留在这座城市。距离卡特里娜飓风到来还有不到 20 个小时的时间,电视就要停播了,市长还在喋喋不休地谈着各种问题。以他在这座城市生活了 60 多年的经验,他明白要对当权者装聋作哑和尽量保护自己,才能苟活下来。

"政客们都是一帮蠢货,"他一边拉掉电线一边嘟囔着:"总有人让你怀疑诺亚方舟的功绩,它因没有沉没而挽救了万物。"

他把浴缸注满水,到此,迎接飓风来袭的准备工作都已就绪。他走到自己小木房的二楼,面对房间的窗户坐下来,然后向外望去。前面是克莱伯恩大街,15 年里他连一次都不曾去过,他认为那是他和第三世界的一条界线;向西是有轨电车穿过的卡罗尔顿大街,此时路面已空旷寂静,栎树的枝叶繁荣茂密,并形成一个巨大的拱形树荫;在他眼前,则是步行街,两边长着梧桐。他睡着了。醒来时,太阳已经变成一个炽热的大圆球,在 8 月末的天空里仿佛一只倒挂金钟。他用手擦了擦脸，把眼里面的眼屎擦得满脸都是。时间慢慢流逝，不知不觉夜幕已经悄然降临，就像一张手帕在空中飘落，最后遮住了他眼前的道路。他不慌不忙地站起来，走近开关，无力的双腿在颤抖，他抱怨了很长时间，然后继续朝着地下室走去，在那里放着他的步枪。他拿起挂在墙上的两把枪和三盒子弹，又回到楼上，他没关灯，因为再傻的人也不会钻进有人的房间。但是，如果电厂停止了运转（或是政府让电厂技术人员撤走怎么办？），只好先做好准备，他存了水，准备好武器。他决定吃一片药睡觉，那个夜晚他要恢复和积蓄些力量，在飓风就要到来的日子里这些都是必需的。一位护士朋友，给了他一盒 Versed（安眠药），这是布罗德莫区纪念拿破仑医疗中心里最强效的镇静剂。上个星期，他去取胰岛素的时候就对她说，他不会离开这个城市。

第二天，他醒了，感到口渴，又想要去厕所，但却几乎起不来身。躺在床上，他看到树枝像鞭子一样摇曳着，听见咆哮的风声穿过荒凉的街道。他从床上坐起来，抓着自己的头，过了一会才清醒过来，这时他想起了奥古斯塔阿姨常说的一句话："有时候，母鸡下蛋时会拼命地咯咯叫，就像是小行星撞向地球。"

到了卫生间，他拧开水龙头，把脑袋凑近清凉的水流。他刚带上假牙，脸还没擦干，便迫不及待要方便一下。他面对着坐便器，却怎么也解决不了问题，也许不是因为别的，更多是因为心烦意乱的原因吧。最后只好放弃，朝窗户走去，眼前是更加肆无忌惮的暴风雨的狂袭。他走向床边，没躺下来休息，却又照直走下台阶进了厨房，打开冰箱门。在存放黄油的格子里拿出一支注射器，灌了三个剂量的兰德仕（长效胰岛素），撩起比迪汗衫，将药液注射进了他冻得发紫的肚皮里面。

随即在餐厅的桌前坐下来,喝下一杯酸奶,嚼了一块儿奶酪。回到楼上,躺下来,好像在等着什么,其实他自己也不清楚在等什么。当他再次睁开眼睛,那种震撼感已经消失了,正是这种感觉让他忽然醒过来。空气依然闷热发黏,空调已经停转了。房间里还有一丝光线,他走过去打开窗户,将半个身子探出窗外,此时能看见马路中间被吹倒的大树、垃圾箱和回收箱。风停了。他心想就这值得这么大惊小怪吗?随即把头缩了回来。他不再等什么更坏的事发生了,他朝着电视机走去,又停下脚步,因停电,播不出消息。他突然想起还有一台收音机,不过忘记买电池了,此外连蜡烛也忘记买了。他有点饿,下楼去了厨房,在橱柜里找到一罐番茄酱通心粉。在这昏暗的房间里,他用一把生了锈的开罐刀摸索着将罐头打开,把通心粉倒在盘子里,发现自己不知何时割破了手指,鲜血就像给意大利面上加入了调料。他走到洗手池,拧开水龙头,没流出一滴水。

"该死。"他骂道。

他用一块纱布擦了擦手,就用它把伤口包扎起来。嘴里还在骂着,后悔之前没有把厨房的墙砸出一个窗口来。走到餐厅,坐在那吃了半盘面,一边吃一边思考着如何防止小偷进来。他可以面对大门迎击,从那他可以找到最好的射击角度,当然这是小偷要从大门进入,如果要从窗户进来的话,就不行了。当他还在权衡着自己的想法时,发现裹手指的纱布已经染红了。外面已是一片幽美静寂的黄昏,天空就像一杯盛有绿、橙、黄三种颜色多味儿果冻的酒杯。他一边仰望着天空,一边把手指用干净的纱布重新包好。这时,听到了第一声枪响。他没有惊慌失措,他早就知道会有枪响的。他上楼来到房间,拖着把椅子来到窗前,把枪倚在墙上,把弹药放到了地上。在装上子弹之前,他坐下来擦着自己的武器。擦完天色已黑了下来。整晚他就在那把椅子上昏昏欲睡，每次惊醒过来就向黑暗中放两枪。他不想再经历另一个这样的夜晚了，但当局可能正在进行工作，应对飓风的再一次出现，就像之前许多次都是这样，比如"乔治"和最近一次的"米奇"飓风一样，它偏转，然后又回过头来，再次向城市袭来。当他醒来时，阳光正照在他被网状物遮住的脸庞上，那是苍蝇拍，不知是清早什么时候掉到脸上的。把它从脸上移开，他感觉到一阵突然的虚弱。他家所在的街区眼前已变成一个巨大的湖泊，吞噬了街边的房屋、汽车和其他被暴风雨毁损的废墟，湖面在晨光的映照下波光粼粼，像一面金色的镜子。他走向走廊，水已经没过了大门，当他走下楼，水已经没过了膝盖。他蹚着水在各个房间查看着，见到摆在桌上的前一天的剩饭，已经爬满了苍蝇。他费尽周折打开冰箱门，一股腐烂变质的味儿突然袭来。取出装胰岛素的小瓶，发现之前透明的液体已经混沌了。他试图用力压住脚步前行，可是水的浮力使他的每一步都笨拙无力地落在地上。他走到电话前，线路已经不通了。该死的，该死的，去死吧。

　　一到楼上，他就拉出柜子里的抽屉，拿出 Versed 的小瓶，把每片药分成四份。上楼时他就计算着自己的新陈代谢是不是在中间值上正常运行着，估计不需要更多胰岛素了，活下去的可能性更大了。他还没糊涂，他不想死。既然没离开这个世界，甚至根本就没想过有离开的可能，他也只有等待救援。他的车，76 款别克云雀在外面停着，可是已有 26 年没开过。他很想开一开，可是凭自己仅存的那点微弱视力又能开到哪里？认识的人也都不在了。另外，通往得克萨斯的出城公路只有一条，甚至不给他选择的余地。很多年前他发誓再也不回到那个可恶的得州，没什么可以说服他的。他最后一次去那里是为了取他仅有的两个孩子的尸体,而后的30多年里他一直承受着苦痛,他后悔没理会好友多明戈 木铎不止一次跟他说过,上帝唯一不变的法则就是让在得州永远不会发生什么好事情。多明戈是得州人,家在加尔维斯顿,和他同乡一样。他本该反对马尔韦丽娜、巴乌克斯和帕特里西娅那次去他妻姐大本罗迪奥家住的。可是哪个头脑健康的人会预料到自己的孩子们会在荒原中间莫名地淹死了呢?事发之后,沙夫的妻子马尔韦丽娜对发生的一切找遍了所有神秘离奇的原因,沙夫并没有反对,如果妻子能获得安宁,他都愿意支持。他很爱妻子,甚至为了她能好好再睡上一觉并重新微笑起来,沙夫愿意做任何事情。可是,他不得不承认信仰没有为二者改善一丝一毫的境况。沙夫觉得他们小区的人总是搞错事情,所以他不相信他们组织的宗教。他宁愿相信侮骂带来的快感,也不相信祷告会带来慰藉。马尔韦丽娜却不这样,她从来没放弃要去改变沙夫的信念。唯独一点沙夫没有吐露,暗暗在心中铭记,那就是不为两个孩子的死与她争吵,因而当妻子试图说服他两个孩子是为更大的目标而被耶稣选中了时,沙夫就会默默喝酒不语。他的两个孩子,一个15岁一个16岁,在一个晌午和妈妈一起去了附近的湖边,到了"暗月溪",尽管不会游泳,母亲仍在孩子姨夫的小船上陪着他们玩耍。天气炎热,巴乌克斯跳进了水中,好久都没上来,帕特里西娅也跳了下去看个究竟。二人谁也没再上来。马尔韦丽娜一个人在船上守着,守了五个小时。谁知道她在那做什么呢?他从来没讲过。她妹妹见他们还没回来有些担心,叫她妹夫过去找他们。妹夫在湖中心发现了马尔韦丽娜,她严重中暑,嘴里还说着胡话。当地警察负责搜寻失踪的孩子,法医的鉴定报告说他们因为痉挛而溺水。天真纯洁的马尔韦丽娜说:

"这难道就是命运吗？怎么帕特里西娅和巴乌克斯恰好就在同一个地方痉挛呢？"

这句话某种程度上应该影响了主持葬礼的人那令人肃然起敬的话语，他还提及了主耶稣的曲折离奇的命运轨迹。长老教会的劝说使马尔韦丽娜参与了第一个宗教集会：那是真正信徒的归路。随后还有七个集会，沙夫还记得最后一个是上帝军队战士的再洗礼集会。

分药的时候想必是睡着了，因为他突然惊醒，浑身颤抖，还冒着冷汗。不记得是否已经吞了药，拿起一片掉落在周围的药，觉得好像没吃过，就塞进了嘴里。药片卡在了喉咙里，当他想停下来去找水，发觉自己四肢无力，动不了了。"妈的，一定是刚吃过一片药了。"他心想，药还粘在上腭。他试图积累唾液咽下药片，如果不是他想硬吞下去，也就不用费这么大劲了。家中另一起异常的死亡，使他必须去接受马尔韦丽娜所说的那种命运的安排，而他还没做好去接受的准备。他不相信命运，只相信运气，相信她。虽然知道得晚了一些，但他了解如何去求得好运，那就是好运旁边需要一把上膛的枪。一阵咳嗽之后，药片也咽下去了，他停下来，艰难地走到了窗边的座位上，倚在里面，闭目养神。当他再次睁开双眼，看到卡罗尔顿大街的另一边有一群年轻人，正试图扛着电视机和其他电器趟水过来。不知道这只是凑巧让他看到了还是真的有这么傻的人和他们做一样的事情。他又闭上眼睛，再次醒来时，太阳光线已不再那么强烈，该是下午很久了。这次看到的不是那群在积水形成的湖里跋涉的人群，而是一具肿胀得像褪了色的气球、嘴巴朝下漂向密西西比河的尸体。

"只缺一只鳄鱼，这个场面就完整了。"他想，没有一丝一毫的讽刺意味。

或许马尔韦丽娜那些近乎疯癫的过去和她那些不同的集会并没有什么错误。大决战已经临近，也许已经到来了。

当他再次停下来，天色已暗，他一整天没吃东西了，视线有些模糊，他想至少应该喝点什么。他走到卫生间拿了一个水杯，回到房间一下子瘫在床上。感觉自己身上好像背着一个死去的动物，他脱掉那件脏衣服，裹上一个被汗浸过的床单。嘴里嘟嘟囔囔地骂着，上周没换床单。他忘了放在窗边的步枪，他什么都忘了，只是静静地睡去。在他的脑海里，整个夜里马尔韦丽娜都在房间的天花板上朝他微笑。然而，他的平静在破晓时分被打破了，一声噪音让他惊醒，声音从楼上传来，隐约感到很熟悉，是阁楼上的老鼠。肯定不是小偷。

"该死的王八蛋，这个时候了还不让我安宁。"他嘟囔着，声音弱得几乎听不到。

他不知道那些老鼠在楼上是怎么活下来的：不通风，没有水，天花板下的空气温度在50°左右，他想到很多种可能，不过最关注的就是，这个热度加上他累积在垃圾箱40年的发霉食物已经使那些老鼠的基因都发生了改变。他推开床单，身上什么都没盖，让这80岁的疲惫之躯完全暴露着。他伸直胳膊，用手在床头柜上摸索着。房间里一片漆黑。他拿起一根恶臭的雪茄，飓风来袭的那些天里他总是放在嘴里咬来咬去，然后再放到鼻子上闻。这根便宜的烟真的很差，是一周前在卡罗尔顿大街的瑞特艾德店里买的。20年前买一根这样的烟连两分钱都用不了，可现在这是他唯一仅有的一根了。他咬掉发臭的烟头，吐到了一边，摸到一根火柴并点燃了它。连他自己都不解他如何能将这么难以忍受的味道吸下去，自己的品位一定是跌到地上去了。突然一阵剧烈的咳嗽，把最近积攒在他肺里的所有黏痰都咳了出来，形成一团胶粘的浆糊状物体,他朝着刚扔烟头的方向吐了出去。这次可没那么幸运,这口痰落在了他的前臂上,不过他没太在意。他又把烟移到嘴唇边,再把这种干烟叶卷子放进嘴里面深吸了一口,却很艰难地吐出烟来,足见他现在的状况和处境,还不如那些老鼠,它们比他沙夫更能活下来。想要活命就如同想要用一堆鸡毛孵出一只母鸡一样。他继续抽着烟,直到忘记了雪茄的恶臭味。

他和那群老鼠是这个房子里仅存地活物了,而老鼠正在吞噬着他和他对往事的回忆,它们到底要毁掉多少东西呀!他最后一次上楼是他妻子去世的好几个星期之后,他把她的遗物送到阁楼上去。他不想把东西交给"救世军",他们会把这些遗物卖掉的。对马尔韦丽娜的回忆不能放在二手商店做商品。尽管他肯定妻子生前希望把自己的遗物捐助给慈善事业。马尔韦丽娜是一名上帝的士兵,但他没有加入这个军团。是的,他没有,他决心建立自己的军队。为此,他去武器商店买了很多步枪,在去阁楼的时候第一次使用了。在那里发现,他和孩子们的东西不知从何时开始已经变成了一堆恶臭的长满真菌、落满灰尘的泥。马尔韦丽娜说那些灰尘是长长的星系旅行的残留物,是星系的尘埃。看到这些,他一怒之下踩扁了其中一个纸箱,立即,冲出一股液体,原来那是老鼠被踩扁了,这脏东西立即喷射到全屋。这是他第一次和这动物的正面碰撞,他们使房间里的自由空气都变得无比的狡黠多诈。沙夫下了楼,打开衣柜,取了许多盒子弹和步枪,下午的一大把时间都在不停地朝有老鼠的地方射击,直到耗尽了所有枪弹。邻居报了警,当警察来到时,他打开家门,嘴角露出一丝微笑。

"我在处理个人的事情。"他对正在侦查枪击的警察说。

当警察上了阁楼,发现房间到处分散着老鼠的尸体,老鼠脑浆和内脏涂满了墙面。

他还在不时地吸着那根烟,房间的温度开始攀升,这使沙夫有些分心,于是他开始思考打开窗子的可能性。房子外面的积水和仍在上升的热度,一定使蚊子肆虐滋生。外面的微风丝毫不能给屋内带来清凉,这使他确信,8月根本就没有微风。外面腐烂的臭气开始透过房子的各种缝隙钻进屋里。他不再挣扎起来,也不再关心老鼠的问题。时间一点点流逝。忽然听到下面有水的波动声,想必是有人涉水过来,他尽力想起身,费尽周折站起来,挣扎到窗前想打开它看看谁在外面活动,可是做不到。这时,公寓里就像一个溜冰场。他的喉咙发干,于是他倚着墙蹭到卫生间,坐在马桶上,用力去够掉在地上的水杯,直到用尽全力,也没够到。他艰难地抬起一条腿,迈进浴缸,另一条腿再跟进来。他抓牢把手,然后身体一点点笨拙地埋进水里,这时他紧闭双眼,张开嘴开始痛饮。水的颜色和喝在嘴里的感觉就像是温吞的蓖麻油,不过这足以使他得到舒服。他想起过去的年代,那时喝到过琥珀颜色的水,那是波旁酒。回忆也许让他感到一丝轻松。他在猫爪牌浴缸里还喝进了自己一大泡尿。尽管这是他的前列腺的过错,连仅有的能使他愉悦的功能也要对他吝惜,但他还是感受到了膀胱被完全排空的快感,他笑了。

"他妈的,看看我做了什么,我竟然尿到了能喝的水里面。"他边想边嘲笑着自己。

他躺在那很安详。如果一切就这么了结了,他觉得倒也不错。他还求什么呢?为了获得安宁,痛快地方便一下并能平静一下思绪,就足够了。他想这些对于马尔韦丽娜来说,想获得这些都是奢求。因为那天命运让她在一个角落里喝了一杯龙舌兰酒,而她对危险浑然无知。

如果不是那样，事情也会以另一种形式发生：16岁的牛顿·贝特利，手持一把半自动手枪，带着八包裹在铝纸中的海洛因，口袋里和体内是数目不详的违禁药片，在同一条街上，马尔韦丽娜正在换一条被刺破的轮胎。

　　沙夫把手臂从浴缸把手上移下来，像两根煮烂的面条一下子掉进水里落下去，他割破的手指就像一个腐烂变质的李子。他闭起双眼，试图抬起一条腿好走出浴缸，当眼睛再次睁开时，他意识到自己抬错了腿，这时天色已晚，黑暗将他吞噬，就像洪水吞没整个城市一样。一群老鼠的混乱声越来越近，差一点就要摧毁天花板。他感到了一丝清凉，或许是来电了，空调又重新运转了。他活动了一下双腿，以便使身体下沉一些，去喝点脏水。他听到楼下有脚步声，也许是马尔韦丽娜回来了。他勉强坐起来，然后想了想这是不可能的事情。

　　在把头完全浸入水中之前，他想，自己从来没为避免黑夜的降临而做过任何事情。

2015.1.30

能力测验

〔智利〕阿尔韦托·富格特
谭博 译

我要给你们讲的故事发生在我上大学预科班那一年,班里都是一些没有目标的富家子弟。我并不是富家子弟,但是我猜我也没有目标。我感觉我就像那个在军队阅兵仪式上摔倒了的明星士官生一样。还记得他吗?据说他是皮诺切特的侄子或是露西亚·伊拉尔特的亲属,我也不确定,一直都没人知道具体的细节。只知道他们很喜欢这个侄子,甚至有点溺爱他,资助他去迪士尼乐园和南非旅行。但是可以毫不夸张地说,所有这一切到最后都白费了。在奥希金斯公园的椭圆形广场上,那家伙摔倒了,当时国家电视台正向全国直播。当众摔跟头可谓是最糟糕的摔倒方式,因为随之而来的是其他人的目光。

"他们把他藏起来了。"一下历史地理课雷蒙多·巴埃萨对我说道。"他让整个家族成了笑柄。"

"怎么会这样?"

"就是这样,他只好离开了智利,他把事情搞砸了。费雷尔,你以为呢?难道还要给他颁个奖?"

那一年我每天上午都去上大学预科班。我没有朋友,但有一伙人算是朋友吧。我们都是复读生。有克里斯托瓦尔·乌尔基迪、克劳迪亚·马尔科尼、弗洛伦西亚的姐姐以及眉毛浓密、笑容夸张的雷蒙多·巴埃萨。他们都是我在那一年认识的。我们有两个学期的时间准备考试,抄写习题和练习生僻的词汇。我们感觉我们的命运全由为时三天的考试决定。我们唯一的目标就是能够在那著名的、令人讨厌的、令人畏惧的、令人厌恶的、变幻莫测的、如今已经取消了的学习能力测试中提高我们的成绩。我们都是可怜的400、500、600分数段的学生。那些获胜的并且最终进入到大学的人成绩都要超过700分。高等教育无情地把我们拒之门外。

有时我坐地铁在天主教大学站下车,偶尔瞥一眼它的主校区。看见从那里出来的学生们,脸上露出灿烂的喜悦,他们那带有教皇标志的记事本在阳光下闪耀着。那些人有我没有的,他们被录取了,而我却被拒之门外。很有可能他们自己根本没有意识到,因为只有当你无法拥有你想要拥有的东西时,你才会深有感触。我无法接受的是我的大部分朋友、认识的人和以前班上的同学都被录取了,只有我被排除在外。

我们当时大学预科班的老师一直坚持让我们相信一件事,那就是我们没有被大学录取,只是我们的一次失误,而与我们的能力无关。多一年的学习能够让我们更加成熟。即使这样,或许也正是因为这样,我们认为我们是失败者。有时当一个人觉得自己是失败者的时候,那么你就已经失败了。你无法不嫉妒,你从骨子里就会嫉妒他们。嫉妒会压倒你并持续发酵直到完全将你控制。那一年,我甚至会嫉妒我不认识的人。那年取得最好成绩的学生名单在报纸上和电视上刊登出来。

人们会在家中客厅里看到那些天才学生出现在电视上,骄傲的奶奶一边看电视一边剥豆子。占主导地位的道德标准就是赢得地位,获胜并出人头地。失败者永远是受人唾弃的。

智利并不是一个同情弱者的国家,而那时我就是弱者。

我们学校所有我那届学生当中,我是唯一一个没有考入大学的人。这对我来说不仅仅是一个统计数据,而是一种羞耻,它使我不好意思再见我的同学。我那为数不多的朋友们,由于分数的原因,立即变成了我坚定不移的敌人。

我唯一的安慰奖,实际上一点都无法安慰我的是:我以倒数第二名的成绩被一个让人半信半疑的艺术专业录取了,而那个学校位于一个非常偏远而又从来没有停止过下雨的省份。这对我来说毫无成就感,反倒增加了我的挫败感。即便如此,我还是交了注册费,寄去了所有材料,照了那该死的证件照。我还能怎么办?我还有别的机会吗?出发前一晚我根本无法入睡。一切都让我害怕:我要去那么远,剩下妈妈一个人,我会想家,在那儿我谁也不认识,要学一个一点都不感兴趣的专业,所有这一切和我想要的都截然不同。

我从来没有像那个下午在车上哭得那么伤心过。

"带着这么多遗憾旅行可不是好事儿。"一个穿着矫形鞋的女士对我说,她递给我面巾并抚摸着我的头发。

我下了车,往家走。

我走了两个多小时,到了一个漆黑的胡同附近,那里弥漫着奇恰酒的味道,我吐了。到家时我已经满头大汗,脚也磨破了。开了门,厅里很黑。妈妈跪在地上,她的脸埋在一个男人的衣服下摆中,那个男人坐在客厅的沙发上抽着烟,这事儿我早就知道。但我绝对想不到会看见我妈妈全神贯注的做那种事。还好，他们并没有跟我打招呼，他们停了下来。我沿着吱嘎作响的楼梯慢慢地上到二楼。我只记得我一头倒在我那破旧的床上，直到第二天下午才醒来。

我给你们讲的这一切都发生在那一年，当时我还没满18岁。广播里播放的还是迪斯科音乐。外型上，我脸上长着痤疮，头发很油，并且我开始无法控制地变瘦。我感觉自己就像一个独臂的扒手。思想压力太大了，那一年我都不怎么能睡得着觉，或者睡得很少。我从来没做过梦，从来没有过。睡觉的时候不做梦就像看电视的时候没有声音和影像一样。那会将你耗尽，你会开始变得暴躁，多疑。

没有被大学录取这件事最令人恼火的是迫使我理解入学考试制度。我站在了敌对的一边。我认为：如果大学不想让我成为他们的一员的话，很有可能他们是对的。也许我只配得到这个结果。也许以我的智力也就能达到400到600分。我试图说服我自己：一个不想让我成为他们一分子的学校是无法吸引我的。在那个年纪，往往把所有的精力都花在否定你存在的人身上。不管怎样，我不是唯一的一个。所以我们所有大学预科班的同学都觉得自己是没人要的，被忽略的，被排斥的人。事情复杂就复杂在我知道我并不是弱智，我的跌倒，我的失败并不是因为我能力的问题，而是我应得的惩罚。我为我在学校不好的表现付出了代价。所有那些糟糕的课程上积累下的不良记录，现在正将我的命运染成灰色。

那时我们的选择极少。要么我们学自己想学的，要么学我们一点都不感兴趣的。如果你不喜欢，那你就抬起屁股走人。那时毫无疑问选择不上大学的那条路是站不住脚的。那时还没有私立大学，仅有的几所公立大学也是分成有钱人和其他人上的大学。

而我没有进入任何一类大学。

那年我认为唯一合理的、应得的、可以接受的就是我成为了一名记者。我几乎看不到任何其他的机会。不学新闻学的话就相当于不能够再讲西班牙语。不能继续呼吸，将会被流放。我经常在新闻播完的时候大哭。我很崇拜埃尔南·奥尔京，我想环游世界，采访全世界的人并学习科技。我一边吃午饭一边看着13频道纳瓦塞尔夫妇的节目，他们是一对老夫妻，每天邀请不同的人在电视前谈论着当时的热门话题。我经常打电话或者写信寄去问题，但是我从来都没说过我的真名。我根据我在莫内达大街智利美国学校的图书馆读到的报纸和杂志上外国记者的名字编造了一些化名。

我上的是人文科学的大学预科班，都是些想当医生、牙医和律师的人，当然还有记者。我们分成了两个完全不同的派别：一派是那些机会渺茫的同学，他们也相对更亲切，更自由一些；还有一派就是差点考上但最后并没有被录取的同学。我是第二派的。其中克里斯托瓦尔·乌尔基迪和雷蒙多·巴埃萨很明显有别于其他同学。他们俩藐视他们的不成熟和平庸。相反，克劳迪亚·马尔科尼却很高兴她能再有一年的假期。不管怎样，我们所有人都相信第二次我们一定会战胜考试。

那一年我永远无法忘记，那时一共还只有四个电视台，早上电视台是不播放任何节目的。当时既没有营养餐也没有快餐，没有有线电视，新闻都是绝对要提前审查的。工业排烟还没有让人透不过气来，山脉随处可见，车辆限行还没有把居民按牌号划分成不同的人群。我记得那一年，开了第一家有空调的室内购物中心，那儿有一家很大的商店叫"西尔斯",里面有成百上千的进口商品。那时唯一的寄信方式是通过邮局,照片都是送去冲洗的,电话也都还是座机。听歌不是下载的,而是买磁带。一些幸运儿可以用计算器来完成作业。这些幸运儿,比如雷蒙多·巴埃萨他们家有一部叫作家用视频录像机的机器,他们在超市出口处有几个小亭子出租他们的视频录像。那一年我们国家在世界杯上的表现简直是糟糕透了。我们的点球被所有人嘲笑,整个国家都意识到我们已经隐藏起来的伤口开始流脓了。更糟的是,金融危机即将到来,但是我们还并没有意识到。

还有很多事情都是我们不知道的。很快开始了游行,我们又分裂了。但是当事情发生时,人们总是很容易就融入其中。回顾过去时,我们每个人都是智者,即使那些最不聪明的人也都是智者。如果一个人事先知道后果的话,无疑他不会像之前那样做。我们经常这样保护自己,我们确信美好即将到来而最糟糕的已经过去。然而,不总是这样的。对于大多数人来说,正好相反。但我们就是这样,然而迷惑也不一定总是坏事,它至少让我们走在悬崖边上的时候并不感到害怕。如果我们能够看到的话,如果我们能够事先知道的话,也许我们就不那样做了。我们希望他们能够原谅我们造成的伤害,但是往往我们事实上无法原谅那些伤害过我们的人。比如说,原谅雷蒙多·巴埃萨,至少我做不到。有时我经常问我自己,克里斯托瓦尔·乌尔基迪是否能原谅巴埃萨,是否能原谅我。

雷蒙多·巴埃萨和克里斯托瓦尔·乌尔基迪之间发生的事情是发生在考试之后。在元旦和新年之间,发生在12月28日悼婴节那天。那天在克劳迪亚和弗洛伦西亚·马科尼家发生的事改变了考试的结果。

其实，并不是改变了考试本身的分数，而是改变了我的决定。最后我得到了期望已久的 750 分，分数比我想象的还要好，但是我没有申请任何学校，而是离开智利去重新整理一下思绪，一刻都不想再停留地去了巴拉圭。

但这些都是后来年末时发生的事情了。我跳过了太多的事情。

我最好再讲回到那天。一天早上，文字推理课的老师让我读题，五个选项中有一个选项与其他四项不同，但我坐在最后一排的一个角落里，什么都看不清楚，我很害怕。我不得不走近黑板，还好随着离黑板越来越近我看得越来越清楚了。

课间休息的时候，克里斯托瓦尔·乌尔基迪走过来查看我的眼睛。我也不知道为什么，我同意了。那还是我们第一次有了某种接触。几个月之前我倒在他身上一杯热咖啡，但是我装作那是一场意外。课堂上，我在他后面故意影响他。我将手指交叉[①] 希望他在考试中取得不好的成绩。我在我的笔记上画他的画像，用箭射他，把他挂在绞刑架上，把他放在断头台上处决。

"你应该让我爸爸帮你检查一下。"他用他极特殊的声音对我说，他的声音微弱得就像是他的电池逐渐耗尽一样。

"我可以帮你约一个时间。"

每当我想到克里斯托瓦尔·乌尔基迪时，我向你们保证我经常想到他，让我印象最深刻的就是他那脆弱的声音，他薄薄的眼镜框，他那色调暗淡、一成不变的衣服和他的眼睛。尤其是他那双绿色的、朦

[①] 手指交叉原是一个和宗教有关的动作，现在用这个手势表示希望给别人带来厄运。

胧的、总是带着困意的眼睛。

"他见识很多。"弗洛伦西亚认识他以后对我说。

"他并不是什么都见过。"那次,我对弗洛伦西亚说。我很清楚,有些事他绝对不知道。

我知道有一件事克里斯托瓦尔·乌尔基迪肯定不知道,是关于他父亲的。在我家有几次我见过他父亲。他就是那个坐在我家客厅里沙发上抽烟的家伙。那年我告诉他们爱德华多·乌尔基迪是我妈妈的情人。或者更确切地说,他们是恋人。我认为至少我妈妈是爱着他的,但是他从来不敢抛弃他的妻子,在他看来,他的妻子是个很出色的人。因此他和我妈妈之间的见面总是鬼鬼祟祟的,偷偷地在晚上七点到九点之间。

在爸爸抛弃我们之前,当他还住在家里的时候,他有好几个女人,但是我们从来没见过她们。我爸爸的那些女朋友都属于另一个我们不了解的世界。然而我妈妈,却属于我们这个世界。妈妈一直如此,虽然她很紧张,但是一直如此。那时妈妈为一个房屋中介人工作,负责出租房子,她整天都在外面跑。我都很难看见她。克里斯托瓦尔的母亲看见我妈妈,相信一定都会指责她是荡妇或者更难听的话。在你成长过程中,你认为情妇都是坏人,是那些并不在乎自己破坏别人家庭的坏人。但是当你有一天得知你的妈妈成为了另一个这样的女人,成为了别人的情人,成为了那个正在破坏别人家庭的人的时候,事情就变得复杂了。我常常醒来后胡思乱想,想到克里斯托瓦尔的母亲冲着爱德华多大喊大叫,而那个胆小鬼却无力保护我妈妈。

我一直都无法理解被我撞到的发生在我家客厅里的那次事件。我并没有和我妈妈谈起过,也没有和我的弟弟妹妹们说。更没有和弗洛伦西亚说,虽然她能够理解。她有能力理解任何事情,那是她的天慧,是她与众不同的地方。她甚至能够理解我。

一个晚上,在吃晚饭的时间,我妈妈和爱德华多·乌尔基迪一起回到家。我的弟弟妹妹们已经上床睡觉了。那天很晚了,比我们平常吃晚饭的时间要晚。我妈妈介绍说那是他的一个"朋友"。爱德华多·乌尔基迪吃饭时加了很多盐,甚至在吃甜点的时候也加了盐。他和克里斯托瓦尔的嗓音几乎一模一样,这使我很心烦。他整个人都很阴柔。头发上抹了定型发胶,脸颊很胖,完全和我爸爸相反。

那家伙走后,妈妈对我说:"我有权利交朋友,我还很年轻。"

"但是他已经结婚了,你认为我没看到他手上戴着婚戒吗?"我挑衅地回答道。

"我们仅仅是朋友而已。而且,他已经不爱他妻子了,她是一个又胖,又不性感的基督徒,只会不停地生孩子。"

"你应该选择一个单身的人,没有家室的人。"

"人是无法选择的,阿尔瓦罗,要是可以选择的话该有多好啊。"

那个晚上,我失眠了,我觉得克里斯托瓦尔和我一样,也是家里的长子。现实生活要求他要表现得像个长子:行事缓慢、战战兢兢、忍辱负重。

"爱德华多总是逗我开心,陪着我。"我妈妈第二天早上一边打开咖啡罐,一边向我解释道。"这是我一直都在寻找的。难道你看不出来吗?你就不能支持我吗?你不认为我为你们做了太多,而为自己做得很少吗?阿尔瓦罗,他就仅仅是一个朋友,一个陪伴。仅此而已。"

事实上,绝不是仅此而已。

第三次在我家吃饭的时候,爱德华多·乌尔基迪试图像我父亲一样和我聊天。出乎意料的，他跟我说：

"我有一个和你一样大的儿子。"

"什么？"

"我说我有一个和你一样大的儿子。"

"一个让人头疼的年龄。"我对他说，但是他并没有理会我，也许是他没明白，或者根本不想明白。

"他每天都在为考试复习。"

"测试我们的考试。"

"克里斯托瓦尔想当眼科医生。你呢，阿尔瓦罗，你想学什么？"

"我想当记者。我想写那些人们看不到的东西。"

爱德华多·乌尔基迪给我验了光，最后给我配了一副眼镜。我和克里斯托瓦尔一起去了他的诊所。我打算玩火，我想尽一切可能榨取他所有的钱财。我想让他为他给我们带来的伤害付出代价。我想勒索敲诈他，但是我后悔了。在垃圾中我找到了一封乌尔基迪的信，那封信并不浪漫，因为他并不知道什么是浪漫。是的，至少我了解到他并不爱他的妻子（常见的借口），但是他很敬畏神，并且害怕孩子们看不起他。

"我们只是所余数中的一个加数，亲爱的。如果我能早一点认识你的话就好了，一个人不可能永远得到他想要的。我要感谢我现在所拥有的一切。我必须残酷地告诉你，我宁愿失去你也不能失去现有的一切。"

爱德华多·乌尔基迪在诊所看到我时变得非常紧张，好像无法呼吸了一样，双手不知道该如何是好。这就是我想要的，让他紧张并且毁掉他。所以我才接受了克里斯托瓦尔的意见。我希望减法能够大于加法。我想让他付出代价，失去一切。

"爸爸，我给你介绍阿尔瓦罗·费雷尔，就是我和你说过的那个朋友。"

我注意到克里斯托瓦尔介绍我时好像我们是朋友一样，但其实并不是。在那时我还以为他真的这么认为，但是后来想想这完全不可能。克里斯托瓦尔·乌尔基迪和他爸爸一样，都太天真了。

"下午好。"

"这么说你是克里斯托瓦尔的同学？"

"是的，很高兴认识您。"

"就说认识你好了，你可以不用尊称。"

"那么，很高兴认识你。"

"我也很高兴认识你。"

在他办公室的墙上挂着一张他妻子和孩子们的照片。

"真幸福的家庭啊，医生。"我以一种最有礼貌的方式对他说。"克里斯托瓦尔，你那时几岁？"

"8岁。"

"我还记得我8岁的时候，8岁是一个非常棒的年龄。"

"是的。"克里斯托瓦尔回答。当一个人8岁的时候，一切都还很简单。

随着和我妈妈的关系越来越紧张，爱德华多·乌尔基迪不再出现在我家。我猜想是由于羞愧感。乌尔基迪都是在车上等着我妈妈出去。有时，他们就待在车里，在茂密的树枝下交谈。我对他们不进家里厌恶至极。这让我觉得我们所有人都陷入到了一种腐化堕落的生活中。

事后乌尔基迪便离开,我会听到妈妈在房间里哭。弟弟们问我妈妈是不是生病了。

"不。"我对他们说,"她只是很伤心。"

我常常想象那些夜里克里斯托瓦尔在家里学习,感受着家庭的温暖:他的爸爸在他妈妈身边,他的弟弟们在隔壁房间玩耍。我觉得这很不公平。我想:如果克里斯托瓦尔在考试之前知道了我所知道的这一切,也许并不是所有的事都会像他想象的那样美好。我们还是有一些共同之处的,他将会切身体会到我的感受。

爱德华多·乌尔基迪诊断出我一只眼睛的视力比另一只眼睛差。右眼在为左眼工作。并且他诊断出我有散光。如果差的那只眼睛不工作的话,它的视力会减退。

"这就像生活一样,阿尔瓦罗。"

"像生活一样,医生?"

"当别人替你做事情的时候,你就会待在那儿。只有当你工作的时候你才会活动你的肌肉。"

克里斯托瓦尔补充道:

"你戴上眼镜后会觉得你原来就像是一个瞎子,你将会看到你从来没看到过的东西。"

爱德华多·乌尔基迪给我的左眼贴了一块膏药。这个膏药要日夜贴着,而且至少要贴六个月。并且他对我说以后一辈子都要戴眼镜。

"一辈子?"

"是的,你以后要一直戴眼镜。你会习惯的,相信你自己。"

"好吧,我相信您。"

爱德华多·乌尔基迪故意避开我的目光。但是他什么都没说。他一直没说什么话,一直很沉默。他认为也许免费给我看诊能帮助他减轻他的罪孽。

克里斯托瓦尔说得对:当我在罗特克莱斯分店拿到眼镜戴上后,我看清楚了之前从没看清楚过的东西。感觉整个世界都变得清晰了。然而,那第一幅眼镜我并没有戴很长时间,最多也就戴了四个月左右。在那个我想告诉他们真相的晚上,雷蒙多·巴埃萨把我的眼镜打碎了。在悼婴节那天晚上,在克劳迪亚和弗洛伦西亚·马科尼家的院子里。

考试的前一周弗洛伦西亚·马科尼告诉我她怀孕了,我是这件麻烦事的制造者。当时我们正在一家超市的冷冻品区。我们俩穿着短裤和运动衫。周围的冰雾使我瞬间有些迟钝。我想:这是一件很严重并且很严肃的事情,我应该感到激动,但我只是说了句:

"我希望这不会影响到我的考试成绩。"

严格意义上讲弗洛伦西亚并不算是我的恋人。她更像是我的朋友,我的良师益友。在那六个月当中我一直和她在一起。她教会了我很多东西。她会用另一种方式看待事物,这是我喜欢的。我很喜欢她。她让我觉得自己变得成熟起来,能够控制自己。

"你希望我们结婚吗?"我先问道。"我们可以结婚,我并不害怕。不就是整天待在一起吗。"

"不"她非常平静地回答我。"我绝对不会和你结婚的。我上个礼拜才刚满 15 岁。我不会在 15 岁就结婚的。"

"为什么不?"

"因为一个 15 岁的人还在想着出去跳舞,想着电视上的男主角,想着为自己的生活增添色彩。"

"可你对这些事情并不感兴趣。"

"是不感兴趣,但是我才 15 岁,而你也并不爱我。"

"你听着,我爱你……或者说我对你有感觉。"

"感觉?"

"是的,感觉。"

弗洛伦西亚停下购物车,眼睛一眨不眨地看着我。

"你认为你爱我,但顶多是你喜欢我。你和我在一起是因为性可以轻易得到,而且你喜欢,是因为我并不招你烦。"

"你呢?"

"我什么?"

"你爱我吗?"

我试图拉她的手,但她并没让我拉。

"你别装腔作势了,阿尔瓦罗。你少来这套。"

"告诉我。"

"什么?"

"你知道的。"

"我还想认识更多的男人,好吗?你是第一个,你很好,我也挺喜欢你的,也有一点儿难过。"

"难过?"

"是的,难过。但并不是什么不好的感觉。"

"那么,你不打算和我结婚吗?"

"我不相信婚姻。"

"你怎么能不相信婚姻呢?"

"我觉得那并不牢固。"

"弗洛伦西亚,你才15岁。"

"那又怎样?我就应该愚蠢到生孩子吗?"

"不,但是……"

"我和我姐姐不一样,好吗?我的目标是能够时刻在身边有一个有魅力的男人。"

"我不是个有魅力的男人。"

"是的,我知道。此外,不是我要在年龄的问题上小题大做。难道你42岁了吗?在心理年龄上,男生总是要比实际年龄小10岁,所以你还是不要再说了。"

弗洛伦西亚拿了两盒冰激凌放在购物车里。在我们旁边一个年长的男人带着一个三岁左右的小男孩儿停了下来。小男孩儿坐在购物车里吃着甜点。他满嘴塞满了融化了的巧克力,衣服上和手上也都是。

"你看看你妈妈,阿尔瓦罗,你再看看我妈妈。我们已经有了两个很好的例子。我们干吗要结婚?"

"结婚在一起然后一起抚养孩子啊。让孩子不再经历我们的遭遇。"

"我并没有怎样,你不要夸大其词。"

我们继续走,弗洛伦西亚很年轻,但说起话来却像个大人,处事老到。在饼干区她对我说:

"我早就应该去我姐姐的妇产科的,我爸爸那次撞见我们俩在他床上时就警告过我,你还记得吗?"

弗洛伦西亚是克劳迪亚唯一的妹妹。我在她家认识的她。克劳迪亚邀请几个同学一起去她家学习。其中有我和雷蒙多·巴埃萨。那时没有人邀请克里斯托瓦尔·乌尔基迪,这使我很高兴。克劳迪亚很有趣,并且是个非常好动的女孩儿,她很喜欢上山滑雪并且翘课。她也想学习新闻专业,但是她想从事广告宣传或者儿童教育学之类的工作。她总是带着时尚杂志去上课。从严格意义上说,克劳迪亚是个很时尚的女孩儿。她们的妈妈住在欧洲,在一家类似国际机构的地方工作。有时会给她们寄来一箱子的瑞士三角巧克力和《服饰与美容》时尚杂志。那个下午,我记得克劳迪亚把自己和雷蒙多·巴埃萨关在一个房间里。我和弗洛伦西亚一起喝茶。我们看了一会儿电视。弗洛伦西亚给我讲她在别的国家的生活,她并不像一个15岁的女孩儿。

"那么我们该怎么办呢?"我问她,我们俩一起走向收银台。"我可以帮你照顾他。"

"照顾什么?"

"照顾我们的孩子。"

"你别装腔作势了,阿尔瓦罗,你知道我可以容忍一切,除了装腔作势以外。"

弗洛伦西亚并不难看。她很特别。我从来没有和一个这么特别的女人在一起过。我一直认为所有的女人几乎都是一样的。弗洛伦西亚戴着一副老式的大黑框眼镜。她留着一头乌黑亮丽的直发,头发很长几乎把校服后面都遮住了。有一次她和我说我是一个信徒只是缺少了一些信念。从来没有任何人和我说过这么动听的话。我怎么能不爱她呢?但这是爱吗?

弗洛伦西亚因为我失去了她的贞洁,但并没有失去她的天真,失去天真是几年之后的事情了。在这方面我们俩完全相反。她懂得比我多很多。她使我消除杂念的同时能够让我集中精力。我们当时几乎每天下午都在她家。我们听着她从市中心买来的爵士乐。她教我词汇,我们一起做测试练习。她爸爸几乎都是凌晨才回来。克劳迪亚有时则是到第二天才会出现。

"那么？"

"那么什么？我已经做决定了。我不会带着一个孩子去法国上学的。"

"那我呢？"

"你什么？"

"我的想法啊。"

"你太荒唐了，阿尔瓦罗，你不要表现的像个傻瓜一样。你真的认为有什么其他的解决方式吗？见鬼，我才15岁。15岁，你认为我会由于为了让你不觉得难受而生下一个孩子吗？你不认为那样的话，我们俩都很荒唐吗？"

"我也不知道，弗洛伦西亚。"

"这就是你的问题。你总是什么都不知道，永远不知道你应该做什么。"

连接首都和海岸的那条公路很短，通常都是畅通无阻的。是一条我喜欢的公路，而且我对它很了解。我工程学的毕业论文就是研究的这条公路，所以我对它的每一个桥每一个拐点都了如指掌。现在这条路有两条车道。不超速的话一个小时四十分钟就可以到达港口了。

我们国家在很短的时间内发生了很大的变化，这是不可否认的，但是也有一些无法消失的习惯。比如在路上停下车吃东西。那条路上最有名的，人尽皆知的是一个自命名为旅社的石头结构的矮房。冬天壁炉总是点着的，木柴在火焰中噼啪作响。

还不到六点，我和西蒙刚刚结束在沙滩上的雨天漫步，西蒙是我的儿子，刚刚满10岁，是一个即将过渡到尴尬期的年龄，这个年龄让人们不知道你面前的是一个充满梦想的孩子，还是完全相反的，是一个处在青春期的充满叛逆的无所顾忌的少年。我和西蒙绕着中央海岸散步。弗洛伦西亚正在为考试做准备。她正在完成她的博士课程。当她被那些学术论题压得透不过气来的时候，我和西蒙就离开她，让她自己静静地学习。我们三方共赢。她想我们，我们俩利用这个机会进行男人和男人间的对话。

"我要成为爸爸了。"我随口和雷蒙多·巴埃萨说道。"我不知道该怎么办，我很害怕。"

有一些东西是一个人无法藏在内心的，要说出来和别人分享，即使这个人并不是你信任的人。雷蒙多·巴埃萨看上去要比我们大很多，但实际上并没有。他棕色皮肤，头发用定型发胶梳向后面。他戴着金表，他的十字架也是金的。预科班的一些人说他像外国人，像加勒比人。他最令人印象深刻的是他的后背。雷蒙多·巴埃萨上学通常都穿衬衫，即使是冬天也穿衬衫，脚蹬牛仔靴。我们当中没有任何人穿牛仔靴。感觉雷蒙多·巴埃萨像是拥有一个预科班之外的另一个世界，经常会讲点他过周末遇到的趣闻轶事：关于令人难以置信的女人的，关于像迪斯科舞厅一样的汽车旅馆的，关于在海滨别墅的，以及关于在雪窝中藏身的。

我们在他家，在他那贴满了身着泳装的美女和各种赛车海报的大房间里。克里斯托瓦尔·乌尔基迪在厕所里。自从我上次和他谈完，他就变得情绪极不稳定而且比较暴躁。他开始和雷蒙多·巴埃萨混在一起。而且乌尔基迪的体重开始下降。雷蒙多和我说乌尔基迪偷他爸爸的处方,并且篡改处方,这样他就可以以很便宜的价格弄到苯丙胺(一种毒品)。

"你看,他带来了一堆,它可以让你没有困意也没有胃口。"

"无所谓,我不饿。"

"它能够帮助你提高效率,各方面的效率。"雷蒙多笑着说道。之后他就着啤酒吞食了两粒。

"乌尔基迪变得一天比一天疯狂了,"他和我说,"你还记得他刚来时的样子吗?好像总是要哭一样。他现在完全变了一个人,就好像是突然间这傻瓜对什么都不在乎了。"

在最后那次模拟测试中我们两个成绩都还不错:超过了班上15%的人。而相反,乌尔基迪的成绩降低了300多分。

"但愿那些药片可以帮助他提高成绩,就像根乃拉草那样重新活过来。"雷蒙多边说边向录像机里面塞了一盘录像带。是一部英语的色情电影。

"这是我在佐治亚州的哥哥给我带回来的。他在本宁堡待了六个月,那是一个又脏又乱的小镇,在那儿他们唯一做的就是看色情电影和饮酒。你知道美国学校是什么样的吗?"

"是那些外交官的孩子们去的地方吗?"

"也不完全是。"

电影第一个场景是在一间办公室,里面两个护士正在涂指甲油。门铃响了,其中一个穿着短裙的女孩儿,穿过办公室去开门。门外是两个骑警,那两个家伙是属于埃里克·埃斯特拉达那类的警察,留着墨西哥式的小胡子,戴着雷朋眼镜。

"你成未婚爸爸了？"

"是的。"

"但愿这种事可别发生在我身上。"

"我想要，可是她并不愿意。"

"你是说结婚吗？"

"我是说要这个孩子。"

"我不明白，你想结婚而她想打掉孩子，是这样吗？"

"是的，差不多吧。也并没有说的那么明确，但差不多是那个意思。"

"我不相信。"

"是真的。"

"费雷尔，你运气真好，哥们儿，你运气简直太棒了。这事儿可不是谁都能赶上的，说真的，你应该感恩才对。"

雷蒙多把电视声音调小。他穿着坎袖体恤和短裤，他的腿很长，很粗，腿毛很重，重到几乎看不到皮肤。我注意到在窗户附近的地毯上有一只乌龟，头缩在壳里。

"你不能告诉任何人"我对他说。

"这可是军事机密，我向你保证我连乌龟都不会告诉。"

雷蒙多抓住我的胳膊对我说：

"我认识一些人可以帮助你，以防她改变主意。"

"我不这么认为。"

"她是个小妞，小妞们都很善变的。你最好做好准备。我妹妹也卷入了这样的事情，和我以前的一个朋友，一个狗娘养的，没什么……我们已经解决了。又干净又利索地解决了。在这个家里我们不允许再发生这样的事情。"

"在哪儿?"

"就这儿,我那放荡的妹妹当时才13岁,13岁就做了那样的事。你不觉得还太小了吗?"

"是有点儿。"

"你的妞儿多大?"

"弗洛伦西亚,她叫弗洛伦西亚,你别叫她小妞儿。"

"你可别告诉我是克劳迪亚·马科尼的妹妹?"

"就是她。"

"不可能吧,你真喜欢她吗?"

"是的。"

"我靠,那傻妞儿也就14岁吧。"

"15岁。"

"啊,还不算太小。"

"是的。"

就在这时乌尔基迪进来了。他面色苍白,满脸胡茬。我从来没有想象过乌尔基迪能连胡子都不刮。

"你上厕所怎么那么长时间?"

"没有,我感觉不太好。我觉得我有点高血压。"

"应该是紧张"我对他说,"考试的压力。"

乌尔基迪看看我,并没有回答。他就像是丢了魂似的。现在的确对他来说什么都不重要。他坐在地上开始抚摸那只小乌龟。

"他们会指控你强奸少女的,费雷尔,因为你是成年人。"

"我不是成年人,蠢蛋,我怎么是成年人。"

"但是在法律上,你已经是成年人了。他们会把你关进监狱的,因为你已经超过18岁了,你知道你自己做了什么。"

"或许吧。"

"我猜你也知道在监狱里他们对像你这样的混蛋会做些什么。"

我之前来过这个房子好几次。和雷蒙多,我们一起做关于社会科学的专项练习。有时我直接从学校坐他爸爸司机开的公车来。雷蒙多管那个司机叫"小伙儿",叫他帮我们去买大麻或者去买汉堡。雷蒙多想成为律师。他需要成为律师。因为他家里需要一名律师,而且我不认为雷蒙多敢违背他家庭的意愿。他父亲是一名陆军上校,在军事学院教书。他们全家人都和军队有关。他哥哥,就是那个在佐治亚的哥哥刚刚以优异的成绩毕业于军事学校。据他所说,他哥哥是那个当众摔倒的小子的同学。

"我可以帮助你,"他再次和我说。"你该想想将来怎么回报我,我相信你肯定能想得出来。"

我不知道该怎么回答他。

乌尔基迪放下那只乌龟,乌龟把头探了出来。

"你的乌龟叫什么?"

"达达尼昂[①]"克里斯托瓦尔·乌尔基迪回答道。

"哦。"

雷蒙多坐到他床上开始剪脚趾甲。乌尔基迪抓住乌龟把它放在床上,但是乌龟吓倒了,把头缩了回去。它的主人坐在地毯上,手里拿着乌龟。电视上两个消防员正在和一个亚洲女医生性交,她的呻吟声

---

① 19世纪法国作家大仲马作品《三剑客》中主人公的名字。

很大。

"黑人的阴茎比白人的要大。"乌尔基迪说道。

"但是你看,那个白人把毛剃光了。"

"但是后来你的朋友怎么了?"我小声问雷蒙多。

"什么?"

"你那个朋友后来怎么了?那个和你妹妹发生关系的人。"

乌尔基迪不再看电视,看向雷蒙多。

"不复存在了。"

"什么?"

"没什么,不复存在了。"

"我不相信。"

"你不相信我。"

"你到底对他做了什么?"我坚持问道,"他们对你的朋友做了什么?"

"我爸爸插手了,我没有沾手。"

雷蒙多笑的时候,他的笑是邪恶的,残忍的,令人害怕的笑。但是他板起脸的时候,事情会很糟,糟糕透了,他现在沉下脸来。

"别紧张,老兄。他还活着,但据说他再也无法成为父亲了。很遗憾,不是吗?"

三周之后,当整个城市被炎热笼罩的时候,我们就会得知考试的成绩了。在此期间我们除了等待也没有什么更多可做的。和每年一样,成绩会在报纸上最后三版副刊中公布,会写着每个参加考试人的姓名和成绩,每个人都能看到。大概有10万人的名字,按照字母顺序排列。

一些有特权的人可以提前知道他们的成绩,而往往这些有特权的人,毫无疑问成绩都会很好。我决定等待报纸公布成绩,我会早点起来去街角的报亭买报纸。

克劳迪亚·马科尼他们家提供房子和肉,男生带饮料和啤酒,女生负责带沙拉和甜点。她们的爸爸正和一个弗洛伦西亚非常鄙视的爱慕虚荣的女人在海边。来的人有的和我只是一面之缘并不熟,都是我们预科班的,但他们是理科班的学生。克劳迪亚现在和何塞·科瓦鲁维亚斯约会,他想学工程学。何塞和他的朋友们在很深的马蹄形游泳池那边单独聚在一起。那些家伙喝得烂醉,讲着龌龊的笑话。克里斯托瓦尔·乌尔基迪和他们在一起,他就像换了个人,完全中毒了,可以说成了瘾君子。

雷蒙多·巴埃萨和一个穿着短裤的女孩儿待在起居室里,她金黄色的短发,涂着蓝色的眼影。我很奇怪她在这儿,因为克劳迪亚说这次烤肉是专门为我们预科学校的同学举办的。

弗洛伦西亚一边给生菜沙拉加调料一边问我,"你知道她是谁吗?"我看着沙拉里的萝卜,并没有切成薄片,而是整个的,在蔬菜中滚来滚去。

"谁?"

"雷蒙多身边的那个女孩儿。"

"不认识,不过还不错。"

"你看过每周日午饭后播放的滑冰节目吗?"

"没看过。"

"我们班的同学从来都不落的。我无法尊重一个在电视上滑冰的女孩儿。也只有雷蒙多会把滑冰场上的妞儿带到烤肉场上来。"

"他是想显摆一下"我说。

"很明显。"

弗洛伦西亚去看了医生,医生也证明了她的猜测。医生也认为把孩子打掉是最好的解决方法。弗洛伦西亚告诉了她爸爸,但他并没有生气,而是把责任归咎于她们的妈妈。他说他来处理。我一直以为他会来找我把我送到警察局或之类的。但是他什么也没做。弗洛伦西亚认为这是最好的解决办法,她也试图说服我。手术在新年之后做,我想要陪她一起去诊所,可是她拒绝了。我一直不敢再提到这个话题。但是这个事一直在我脑海里,我没办法想别的事。

就在十分糟糕的那一年,我在很远的地方开始了新的生活。在巴拉圭的热带雨林中,泥泞的巴拉那河岸边一个叫作斯特罗斯纳的又闷热、又腐败、又脏又乱的一个小城市开始了新的生活。那儿的人靠在巴西边境走私以及即将要建完的伊泰普大坝为生。住在那里的人把大坝叫作"世界的腋窝"。他们是有道理的。我去找我爸爸,我有三年没有见到他了。他的想法是希望我们能够一起共度一段时间并且加深彼此间的了解。但事实上这两样我们都没有做到。我爸爸当时是因为一些支票和诈骗而逃离了家。我到了巴拉圭,打车去找他,但是他当时并不在首都。于是我在亚松森市搭乘了一辆公共汽车,车一整夜都行驶在红土地上。一个叫劳拉的女人接待了我,她一头长发,声音很嘶哑。劳拉令人印象深刻,也许是因为她曾经是夜总会舞女,所以没有眉毛,只是用深色的眉笔画的两道线条。由于那里很热,时不时地那线条会晕开在她的皮肤上。劳拉和我父亲住在一起,也和他一起工作。他们晚上经常喝得大醉,然后做爱,就好像我不在一样。也或许他们故意想让我听到。

在斯特罗斯纳港口我把精力都放在喝甘蔗甜酒和杜松子酒或者喝一切带冰的饮品上。我试图看些连环画，但是我几乎无法专心。有时我会去小城唯一的那个又脏又差的电影院看电影，但是放映的都是有关空手道的电影。偶尔我也会走到河对岸的伊瓜苏去看葡萄牙语字幕的美国电影。

那个夏天大部分时间都在下雨，很潮湿，我在一个工人和外国工程师经常光顾的妓院里度过。我爸爸每天早上给我留下点钱，他知道是用来干什么的。在斯特罗斯纳市，也没有什么其他可以花钱的地方。那个地方是一个镶满了碎花瓷砖的比较潮湿的房子，有着肉桂的气味儿。天最热的时候，我几乎无所事事。乔凡娜，她的真实名字叫卢尔德，她一半是瓜拉尼印第安血统，一半是米纳斯吉拉斯的黑白混血。乔凡娜阴阜处的阴毛汗喷喷的，甚至结成汗珠。她整天都喝马黛茶。我们一起听广播，听遥远的阿根廷波萨达斯市的探戈。我们几乎没有交谈过，但是我喜欢滑过她的身体。她教会了我很多东西，她总是很高兴。有一次她对我说，我应该多笑一些，尤其是在要结束的时候，否则她会觉得在我内心深处，我和她相处的并不开心，觉得我很悲伤很迷失。

我爸爸倒卖酒，咖啡和香烟。他的合伙人中有一个身上有肉豆蔻味儿的黎巴嫩人，一个穿麻布衣的中国香港人，一个双眼深陷有着农民口音、姓甘达拉的智利人。他们的办公室在城市唯一一幢"摩天大楼"的顶层，那是一个小气的、粗俗的、但是很显眼的一幢建筑，几乎承受不了最轻微的地震。在纪念城市建立的那一天，斯特罗斯纳本人也出席了。城市的墙壁涂满了蓝白红三色，全城的人都挤在大街上。一个乐队正在演奏着进行曲。爸爸向我介绍斯特罗斯纳将军。他伸手和我握手,他的手很冰很滑。爸爸搂着我的肩膀,将军脸上露出笑容,大家给我们拍了张照。

每周六的上午都是模拟考试的时间,模拟考开始的时间和真正考试的时间是一样的,考试长达四个小时。随着同学们答完卷子,可以陆续离开教室。克里斯托瓦尔·乌尔基迪在咖啡厅,阳光射在他的后背,他就像一个天使,一个幽灵。他正检查着模拟考的答题纸,划着句子,标记着段落。

"你考得怎么样?"

"挺好的。"他回答说,并没有抬起头看我,"我提前做完了。你呢?"

"几何那部分挺简单的。"

"巴尔德斯说最好不要检查。最好是离开教室忘记一切。因为很可能我们将正确的答案改成错误的。我上次考试就是。"

"你还记得他还建议我们:不要学习,不要喝酒,不要吃镇静剂,用性来放松就好。"

乌尔基迪差一点儿笑出来,因为他知道巴尔德斯从来没有说过类似的话。

"考试前一天你打算干什么?"

"去弗洛伦西亚家的游泳池游泳……我是说克劳迪亚家的。"

克里斯托瓦尔·乌尔基迪并没有马上回答我,他收起答题纸,对我说:

"我不会游泳。"

"那你可以晒太阳吗?"我出乎意外地问道。

"我从来没晒过太阳,会晒红的,他们不允许我晒太阳。"

克里斯托瓦尔把头发剪得很短,我发现他都有白发了。

"如果你愿意的话我们可以一起去看电影,我是说考试前一天,我们可以约一些人。"

"不行,我可能要在家和我爸爸一起复习,他对我抱有很大期望。他会问我问题,我们会看字典上的单词,去年我们就是这么做的。"

"但你去年也没考好啊。"

"我太紧张了,不过知道就是知道。"

几个家伙走进咖啡厅把收音机的音量调大。整个屋子都能听到一个乐队的流行音乐,那年经常听到那音乐,但是一直不知道是哪个乐队的。

"你眼镜戴得怎么样?还好吗?"

"我看得清楚多了,谢谢,我还得感谢你呢。"

"我什么也没做,都是我爸爸的功劳。"

"你爸爸,当然了,又是你爸爸。"

当时我自己和自己说:"这是你的机会,你一直在等待的机会。"

"很奇怪我们一直都没有讨论过这个话题,"我开始说到,"有点复杂,我知道。"

"什么?"

"你知道的。"

"我知道什么?"

"克里斯托瓦尔,你给我留下的印象真的不错……其实我们可以成为朋友,我们曾经一起学习……"

"大家一起学习总比自己学习要好很多。"

"的确如此。但是对我来说有些难,你知道的。"

"你现在学习很吃力吗?大学里会更难的,大学才是真正学习的地方。"

"不,我不是指这个。我认为你知道我在说什么,而且这对你来说比对我来说更复杂。"

"什么?"他坚持问道。"我不太明白你在说什么?你到底说什么呢?"

"我是说我们两家的结。"

"什么?什么结?"

"我一直怀疑,你在我家学习的时候是否感到很舒服,我只知道我在你家的时候,尤其是你妈妈在家的时候,我很难专心学习……"

我停了一会儿,想找出更好的语言去表达,但是我并没有想到什么更好的表达方式,我继续说道:

"我妈妈可能有错,确实,也许她正在犯错误,但她不会因此而不再是我妈妈。你明白吗?你也要站在我的立场上想想。"

"对不起,阿尔瓦罗,我真的不明白,你到底在说什么?"

"在说我的妈妈和你的爸爸。在说我们的共同之处。你真的认为就因为我们是同学你爸爸才免费帮我配眼镜的吗?难道我们真的是朋友吗?根本不是。"

"如果你想和我说什么的话,那你就直截了当地说。"

于是我就一五一十地说了。当我看到他愣在那里时,我为我那一刹那所犯下的罪行感到后悔。

雷蒙多·巴埃萨和那个滑冰的女孩儿坐在跳板上。他们离得很近在交谈，两个人就像情侣一样。她听到雷蒙多的窃窃私语而大笑，就像是漂浮在水面上一样。

圣地亚哥的夏天是很难熬的。12月和1月是最糟糕的两个月，下午三点干燥的安第斯山脉像一块巨大的幕布，人们感觉就像要被熔化了一样。这儿的热并不是潮湿的热，而是干燥的热，最糟糕的就是日光。但是晚上8点左右，天气就变了。人们会觉得圣地亚哥像是山麓，开始渐渐清凉起来。从山上会刮来寒冷的微风，半夜前已经很凉了。气温会下降大概20摄氏度。圣地亚哥的夜晚，即使是炎热季节的夜晚，也总是很凉爽的。

那晚却相反，天气不冷不热。气候温和得好像是我们在另一个国家，另一个地方。

弗洛伦西亚悄悄地去厨房冰箱里拿冰激凌。我坐在帆布椅子上。摘下眼镜，看不太清楚，和从前一样。天已经黑了，只有游泳池还反射着一道光。我喝完啤酒，那天我有点儿喝多了，闭上了眼睛。

"一，二，三，扔水里。"

我正好睁开眼睛，几个家伙在跳板旁边。雷蒙多跑到后面，试图反抗。克里斯托瓦尔·乌尔基迪，何塞和另一个家伙一起推雷蒙多。其中还有那个滑冰的女孩儿。那个女孩儿和他们一起，雷蒙多反抗，试图拽住乌尔基迪，在空中挣扎了几下，最终还是掉进了水里。

"几个混蛋。"弗洛伦西亚回来了一边擦手一边说道。

那几个家伙大笑。其中一个脱下衬衫和鞋跳进了水里，那是个胖子，一身松肉。我发现雷蒙多还在游泳池底下。

"大家都脱了吧。"我听何塞·科瓦鲁维亚斯喊道。

我向游泳池走去，走得很慢。草坪并没有割，我脚下遇到奇怪的阻力。这时克劳迪亚·马科尼已经褪去了裙子，只剩下一条内裤。她的胸要比她妹妹的大。那群人一直在笑，喊叫着并试图摸她。何塞也脱得只剩下白色的内裤了。雷蒙多还在水下。我看到他好像在游泳，其实，倒不如说他像是条鱼一样在那儿划水。他穿着深色的衣服，而且很大。他过了好一阵子才游到浅水区。

何塞和克劳迪亚跳下水，向还在岸上的那群人身上洒水。雷蒙多靠近游泳池中的手扶梯试图上岸。他上得很慢，因为那并不容易，水使他的衣服变得很重。一出来，雷蒙多脱下靴子，几乎从里面倒出好几升水。滑冰的那个女孩儿强忍着笑，走向他。雷蒙多狠狠地打了她一记耳光，她摔倒在湿漉漉的草坪上。

"是你的主意，不是吗？"他对她说。

雷蒙多并没有对她喊，他不慌不忙地一字一句地说道。瞬间，游泳池里面的人都安静了，大家都不动了。只有水在动，光照射在上面。

"我知道是你的主意，臭婊子，是你让这样做的。"

雷蒙多走向她好像要闻闻她似的。我记得她极力躲避雷蒙多的眼睛。他极度恼火。就在那一刻我知道那天晚上即将要发生的事情会影响我们所有在场的人的命运。

"臭婊子，告诉我，你以为这样就可以嘲笑我了？可以嘲笑我们？可以嘲笑我们巴埃萨家族的人？"

雷蒙多又打了她一记耳光，声音响得就像是射击的声音。

"你喜欢其中的哪一个？你现在就可以在游泳池里跟他做爱不是吗？我现在明白你为什么要来了。你为什么给我打电话让我邀请你？你想看到谁？"

"也许就是想看到你呢，雷蒙多。"

接着是一阵安静。弗洛伦西亚拉住我的手。一些家伙下到水里,不过都没有说话。雷蒙多坐在草坪上,浑身像个落汤鸡,强忍着眼泪。

"冷静点儿,老兄,只是一个玩笑而已。"一个理科班的学生对他说。"我们都下水,放松点儿。"

就在这时我看到克里斯托瓦尔·乌尔基迪走向巴埃萨,他没穿上衣,身体瘦弱得像一个营养不良的孩子,肋骨清晰可见。

"是我的主意,巴埃萨,我的主意。最后一天,大家都不会生气的。"

克里斯托瓦尔·乌尔基迪微弱的声音充满力量。但是那声音是一种无法自控的声音,发出来的每个词都像是第一次发出来一样。

"那是水,疯子,是水。"

雷蒙多继续坐在草坪上。他的头埋在胳膊里。

"行了吧,巴埃萨,"他继续以一种挑衅的语气说道。"你别给自己添堵了。那只是水而已,老兄,那是水,又不疼,不脏,很快就干了。明白吗?会干的。"

雷蒙多抬起头,狠狠地瞪着他。他们俩周围已经围了一群人,我慢慢靠近试图不让任何人听到。

"是的,是我的主意,"乌尔基迪自作聪明地坚持说道。"有什么问题吗?我的主意。这是个很好的主意,巴埃萨。是我想把你推下去的。你知道为什么吗?就是闲着无聊,因为我们要庆祝一下。"

此刻克里斯托瓦尔·乌尔基迪的做法确实有些过头了。那是个最坏的主意。永远都不应该逼一个已经情绪很糟糕的人,还侮辱他,不给他任何下台阶的机会,他只能使用暴力。克里斯托瓦尔·乌尔基迪将他正在喝的啤酒瓶子倒过来,把整瓶酒倒在了雷蒙多·巴埃萨的头上。

"够了,别哭了。我们会怎么想你,士兵?你纯粹是在这虚张声势吗?你所有的故事都是捏造的吗,巴埃萨?你什么时候再邀请我去你家看你那杀人犯哥哥给你的录像带?你什么时候再帮我手淫?"

巴埃萨什么也没做,好像是他活该如此,或是他喜欢那样。黄色的液体从他头上往下流,啤酒沫留了他一身。我甚至注意到他还在用舌头舔。

但是不可能就这样结束了。克里斯托瓦尔·乌尔基迪也知道的,他应该知道不会就这样结束的。雷蒙多·巴埃萨根本没站起来,他顺手抓住瓶子。我以为他想扔到远处,但是就在一瞬间,瓶子砸在乌尔基迪的头上。克里斯托瓦尔倒在草地上,雷蒙多向他扑了过去。乌尔基迪没有反应,他无法再反抗了。

我向他们跑去,还没来得及喊出:"够了,把他们分开。"雷蒙多一拳打来,打碎了我的眼镜,我滚到了泳池边上。我试图看清楚,但是无法聚焦,黑漆漆一片让我无法看清正在发生的事情。我只能听到喊声:"够了!","拦住他!","放开他!"。

然后我也不知道怎么解释接下来发生的事,继续滚跌到了水里。我的衣服越来越湿,我像一个铅块一样往下沉。我就那样慢慢往下沉到静静的水中,直到我喘不过气来。我终于用手脱掉了我的鞋子。鞋子很沉使我无法浮出水面。在我脱掉鞋子,浮上水面之前,就听到了叫喊声和哭泣声。雷蒙多·巴埃萨正往外走,在房子里的地毯上留下了一串水迹。克里斯托瓦尔·乌尔基迪一动不动地躺在草地上,满脸是血,我愣在水里,水不冷不热,感觉能给我保护。

椿树

〔哥伦比亚〕托马斯·冈萨雷斯
黎妮 译

11点左右,伊格纳西奥走进胖子妻子的商店里,跟塞莱娜说有急事要找她谈谈。

"你要愿意,就请在那里坐一坐,我有位顾客要接待。"她说。

伊格纳西奥掸掉身上的雪花,坐下来等。塞莱娜对着试衣间,抿着下嘴唇,目光注视着脚尖。不一会儿,顾客身着一条紧身黄色裤子走出试衣间,在镜子前停下来,屁股那儿闪闪发光,像是两轮太阳。

"亲爱的,我穿着怎么样?"顾客问。

一家子韩国人,伴着纷飞雪花,从窗外经过;麦德林肉铺的老板低头迎着风雪,从店外路过;伊格纳西奥在他店里买做玉米饼的干菜豆和面粉。有一段时间,也在那里买肉,后来,见他挠了屁股又去做腌肉,手法熟练又专业,就再也不买了。另外还有达尼洛的车,也同样冒着风雪开了过去。

塞莱娜来店里有两个月了,伊格纳西奥知道很多事情她并不了解,他来是要告诉她内尔松和胖子都在干些什么,告诉她自己是谁(他,伊格纳西奥），告诉她这会儿正在发生和短短几小时内将要发生的事情。

上午12点

12点了，达尼洛还在店外徘徊，像只大黄蜂。顾客终于走了，伊格纳西奥慢慢地把一切都告诉了塞莱娜。当然，开始她十分吃惊，接着便哭了起来，但很快就平复了情绪，取了一张舒洁纸巾擦拭眼泪，像吸墨纸吸墨汁一般轻压纸巾，把眼泪吸干，这样可以不花妆。妆化得不浓，只在眼眉处稍加粉饰，凸显出那双明亮的大眼睛。那双眼睛形若杏仁，目光平缓，宛若海面上的水波。

"内尔松和其他人对我都无所谓，可我替胖子难过。"她说。

赫拉尔多，也就是胖子，即便过着那样的日子，即便时不时还和一两个人的死有瓜葛，但他是个好人。一辈子就只操心两件事情：家庭和血脂。一天到晚地测胆固醇和甘油三酯，总是想着胆固醇颗粒给动脉造成负担，逐日沉积，祸及心脏。他不太喜欢生意上的事，甚至有些厌恶，不过他办事有效率，说到底，比他弟弟内尔松——那个热衷于技术、数字和代号的人，要谨慎得多。

塞莱娜是内尔松妻子莉西亚的表姐。莉西亚是个漂亮的女人，喜欢唠叨她那些买了的和将要买的东西。比如，她总说："亲爱的，萨克斯精品百货店里正在卖高跟鞋，但是没有我的号。"她脚大，却爱买偏小的鞋子，老是磨出鸡眼和厚茧，不得不经常去修脚。每次莉西亚说："亲爱的，你猜我买了什么？"塞莱娜不自觉地就来气。衣服、足疗、首饰，莉西亚非把内尔松榨干了不可。做生意之前，内尔松是注册会计师,或许正是由于这个原因,他很吝啬。

出了店,伊格纳西奥又看见达尼洛的本田车缓缓驰过。达尼洛没有转头看他,只用小指头打了个手势。"这么大雪还戴太阳镜!"伊格纳西奥心里想。

下午1点,他进了塞莱娜的公寓,把啤酒连纸盒带塑料袋一并放进了冰箱。他拉开一罐啤酒,坐在沙发上看着电视机上方塞莱娜父母的照片。照片是在卡利的一个花园前庭照的,两人手牵着手。当时母亲还很年轻,一双乌黑的眼睛跟塞莱娜一样;父亲的衬衫口袋里别着三支圆珠笔。

伊格纳西奥要给保罗打电话,他是这项调查的负责人。

他对保罗说:"是的。是那里,肯定。你什么意思?我当然做了。你认为我蠢吗?是的。是的。是的。好。"

他英语讲得很流利,但口音很重;麦德林味儿的英语。

挂了电话,说了句"狗娘养的警察"。内尔松曾经失口说出几个人的名字,现在让所有人都遭了殃,那一次警察要是对内尔松表现得不理不睬,伊格纳西奥也不至于看不起他们。但是保罗听了内尔松的话之后,只是嘟哝了一句"我们会逮住他们的"。伊格纳西奥看见他摘掉远视眼镜和耳麦,露出坚定的目光,他理了理那条令人生厌的传教士式领带,然后把录好的磁带放进档案袋里,内尔松从此逍遥法外,但很多人却被这些磁带无辜牵连。

达尼洛,不只是笨,还很无知,动作慢,没教养,心眼儿坏。他从屋前经过。开着车,一只胳膊肯拉在车窗外面,好显出他的手表和神气。"卡车过来,让他变独臂。"伊格纳西奥心里想,与此同时,他走到墙边,蹲了下来,小心翼翼地用小刀开始抠墙皮。双手有些颤抖,但几乎看不出来。他挖开了一块墙，一摞袋子就露了出来。有许多次他曾试图告诉家里人，美国的房子是怎么建造的。告诉他们美国人忘了砖头这回事儿，那儿的墙里面是空的，把压制定型的石膏板钉在木头或是金属框架上，房间里的一切响动在另一间屋里都能听见。即便所有人都表示惊奇，但他觉得大家并没有真正明白这种墙体的虚假，生活的不真实。透过挖开的墙窟窿往里望，装着钱的袋子一目了然："我就像一只老鼠，一只大老鼠。"他心想。

塞莱娜回来的时候，大概是下午6点钟，那时他早已经修复了墙面，贴了胶条，涂了灰浆，刷了颜色，还用吹风机吹干了涂料。随后，又去把三个袋子放到了一个灰狗客运站，位于新泽西。这些是要带走的钱（不是偷，一旦事发，胖子和内尔松挪走的那一大笔钱，瞬间就会消失得无影无踪）。接着，他又去了皇后区'铁蛋'的公寓，把另外两袋钱放到了那里。伊格纳西奥觉得他不会告发自己，'铁蛋'住的地方藏着无数毒品，墙里有、棚顶有、甚至烤炉里都有，人不会注意，还以为是做玉米饼的玉米粉，这样的一个人是不会揭发他的，相反还能给伊格纳西奥自己带走的那些钱做个掩护。做完这些事之后，他就回到家里等塞莱娜回来。这会儿只有知道他干了什么的某个人，才能嗅出空气中淡淡的涂料味。

塞莱娜处处都很坚强，处处都很随顺；她把爱洒在所有的地方，用爱填满一切。走进她就好像走进了人间的天堂。

晚上7点

晚上7点半，塞莱娜只向服务员要了一段血肠和几片西红柿。"但别给我太小的。听见了吗?"她提醒了一下。伊格纳西奥点了一份腊肠。汤里冒出的热气让人窒息,他感到很惊奇,那些漂亮的女人若无其事地吃猪血米肠,就好像在吃水果:草莓。

塞莱娜高中毕业后和父亲去过纽约。父亲说美国不适合他们(也就是塞莱娜的父母。妈妈留在卡利让丈夫来决定美国是否适合他们。)六个月后父亲就回去了。塞莱娜决定留下来,她报了个英语班,胖子和内尔松正在给她弄社保卡。

伊格纳西奥问:"你怕吗?"

"怕。"她说。她当然害怕。

"糟糕的是你走不了。必须等到一切都结束之后。"

凌晨5点,闹钟响了,伊格纳西奥脑海中梦境犹存:塞莱娜心怀怨恨,贴近他的脸,对他说:"叛徒!叛徒!"伊格纳西奥让她继续睡着,自己出来和内尔松在法拉盛公园里碰面,然后从那里一起出来到机场仓库里去多提些货。内尔松经常说有些事他愿意亲自做,手下的人,干得再好,也赶不上他。

"你和L7联系过了吗?"他问。"这个站街女很滑头,就跟肥皂一样滑。"

伊格纳西奥很清楚谁是L7。不过为了气气内尔松,自己也撒撒气,便问道:"是阿维盖尔吗?'灭鼠器'?"

"别告诉我你连他妈的代号还不知道。"内尔松说。"伊格纳西奥老兄,关键是人永远不会知道……"。

他正要没完没了地强调严格使用代号有多重要,这样方便从看来没有任何危险的各处进行联络,伊格纳西奥打断了他:

"你别再给我讲这个了,内尔松,行吗?这些话我都能背下来了,知道吗?"

"好啊,那你就照这样做,照这样做!"内尔松说,语气近乎像家长似的温和,实际上却在发火。

伊格纳西奥轻蔑地看了他一眼,心想:你还不知道自己很快就要栽进大牢里了。"我联系过了,已经和'灭鼠器'联系过了。"伊格纳西奥说。内尔松嘟哝了一句,肯定是句脏话。他就是这样待人不友善,话语凛冽,冷漠、不屑、傲慢;伊格纳西奥是医生,或者说以前做过医生,内尔松对他会稍微收敛一些:在内尔松看来,人一旦有了头衔,尤其是在医学方面,身份就高人一等。

早上7点半,他们从机场出来去找阿维盖尔·埃切维里,外号'灭鼠器'。阿维盖尔住的公寓很远,在皇后区,在地铁终点站附近。花园前方都积满了雪,一些院子里还放有圣诞树、圣诞老人玩偶和四头驯鹿雪橇车。

"医生,还有什么事?"阿维盖尔说。"内尔松先生,您最近可好?"

内尔松没有回答。

伊格纳西奥说:"算上阿维盖尔西托①吧"。

内尔松说:"'灭鼠器',你去,把车里的袋子拿来,哎?快呀!赶紧去!看你屁股沉得跟灌了铅似的。也难怪,一天到晚地看……"

内尔松说的是这帮人对色情片的痴迷。所有人,阿维盖尔和'大柱','大智小智','铁蛋'和帕乔对色情电影都看上了瘾。他们必须在藏货的公寓里待着,一关就是几个星期(这样安全,彻底免遭有人跟踪),胖子就给他们弄了台卫星电视,供他们消遣。有几十个

---

① 阿维盖尔(Abigail)的昵称。

频道能看，他们选了些色情节目。就连阿维盖尔和达尼洛——唯一准许出去办事的两个人，也都上了瘾。窃听电话过程中，那伙人一讲看过的电影，保罗和其他探员就一脸茫然，见此情形，伊格纳西奥就会分散注意力。

罗博·马丁内斯是其中的探员之一，来自一个智利家庭，但西班牙语已经忘了一大半，伊格纳西奥只得给他解释。有时候，这些年轻人的谈话在道德和心理上过分扭曲，语言上也很复杂，没有办法解释。好比对方谈话中反复出现"玉米穗"，罗博就千方百计地想弄明白在这里是不是指的"海洛因"或是"公斤"，或是"邮寄"的一个暗语，看到他头戴耳麦，一脸的迷茫，大家觉得很有意思。

上午 12 点

当天 12 点左右，内尔松和伊格纳西奥做完了该做的事情，安安静静地去往胖子家。两人的共同话题就是生意，这会儿没有别的好谈。内尔松偶尔有意无意地想要聊点什么，就对街道状况、汽车运转之类发表些技术性上的看法，但伊格纳西奥无话可说，只是从嘴里蹦出几个单音节词来。

胖子家正准备过圣诞节，一片嘈杂。这些天，胖子从来都不怎么节制，常常边听音乐，边亲自做玉米饼，炸油煎饼，督导筹备，一向不太喜欢下厨的妻子，倒是喜欢他干这些事。胖子不停地在吃：香肠、腊肠、猪皮丁，再就着点儿白酒，他觉得这反倒让他暂时忘了甘油三酯。

伊格纳西奥原本希望塞莱娜会在那里，她确实也在。"看看告密者心脏跳得多快吧！"他心里想，他恨自己，窝着一肚子火，恨不得用手挖掉双眼。塞莱娜看到他进来了,双方对视了一下,伊格纳西奥知道她不会告发自己,不会揭发一个告密者,他感到无比的喜悦,不是因为消除了恐惧,他知道胖子一伙不会折磨人,杀他的肯定是阿维盖尔,伊格纳西奥对他印象不错,他是个好人;喜悦来自对塞莱娜的渴望,她有智有谋,让他折服。

　　大概下午4点钟,他们回到了塞莱娜的公寓,两人心心相悦,然而,死亡和毁灭却再次逼近,难以拒挡。妖娆无限的腰身,他心里想;脐下一线细腻的汗毛美到极点,如同水纹往周边荡开,唯独他能看见——物竞天择的雄性灵长类动物,最为强壮的山魈[①]。什么胖子、莉西亚·玛利亚、莉西亚·玛利亚的孩子、胖子的妻子、胖子的妈妈以及照看公寓的小伙子们……他们俩一概没有提及。他们睡了一会儿;起床时已经接近下午6点,用鸡蛋和面包做了点儿早餐。然后洗了澡,打扮一番准备去参加圣诞晚会。

　　"雪又下了好久,"她说,向窗外看了一眼,"好美!"

　　伊格纳西奥走到站在洗手台前梳妆的塞莱娜身边,脱掉她的衬裤,搂住了她宽阔而有骨感的双肩,塞莱娜乌黑的长发,垂撒到水龙头上,牙刷滚到了脸盆中间。他们回到床上,又睡了好一会儿。起床时将近10点,再洗了一次澡,然后出门去了胖子家。

　　清晨2点,很多人都已经醉了。音乐声震耳欲聋。伊格纳西奥几乎都忘了将要发生的事情,这时,警察破门而入,在一片混乱中,阿维盖尔肩部受伤,胖子头部中弹身亡。女人们尖叫成一片。警察口里骂着脏话,边踹边推,同时动用了手铐。伊格纳西奥头部被捣了一枪托,

---

① 世界上最大的猴(译者注)。

随即被铐了起来。雪已经停了。地面上覆盖了一层厚厚的雪,踩上去发出咯吱咯吱的响声。大街上严寒凛冽,呛鼻刺耳。塞莱娜被带上警车的时候,伊格纳西奥看见了她。凌晨3点钟后,他头上缠着绷带去了灰狗客运站;大概4点钟,已经和塞莱娜在宾馆里了。

这是一家三星级宾馆,可能还够不上,旁边有块空地,就在机场附近。警方不可能给他们安排五星级的酒店。进出港飞机的轰鸣声不断传来。窗外有一棵树,枝杈光秃秃,它不属于任何人,没有人栽种,靠自己生长,长在空地上,长在无人照管或者被废弃的院子里,夏季枝繁叶茂,秋冬郁郁葱葱,十分美丽,然而就算是硕果累累,坚韧不拔,也不被人所珍视。人们叫它"椿树"。

塞莱娜在浴室了哭了好一阵子,已经上床睡了。他喝了半瓶白酒也上了床,在床上找寻她,她说:

"现在不行。你怎么还能想起这事儿?这会儿不行。"

之后,她是不是悄声说过:"叛徒,卑鄙无耻的东西!"伊格纳西奥从没想过去证实。实际上她是说了,或者说他想象她是说了,抑或他梦见她这样说了。

波兰拳击手

〔危地马拉〕爱德华多·哈尔丰
崔倩 译

69752。爷爷告诉我,这是他的电话号码,是他怕忘记而刺在左前臂的。在成长过程中我一直相信他的话。因为在20世纪70年代,国内的电话号码是五位数的。

我常叫他奥伊特茨,因为他也时不时地叫我奥伊特茨。这个词在意第绪语中意思是俗气。我喜欢他的波兰口音。我喜欢在他的威士忌小杯中沾湿小指(这是他遗传给我的唯一的外貌特征:越来越弯的两个小指)。我喜欢求他给我画画,不过实际上他只会画一幅画。他快速挥动画笔,寥寥数笔就勾勒出永远歪歪扭扭、变了形的帽子。我喜欢他倒在白色鱼丸(意第绪语是guefiltedish)上甜菜酱(意第绪语是jrein)的颜色。我喜欢陪着他在社区里散步。就是在这个社区里,有一个晚上,一架满载着奶牛的飞机在一片广阔的荒地上撞得粉碎。但是我最喜欢的还是那串数字。那是他的数字。

然而并没过多久,我就了解到他的电话号码是一组付出了昂贵代价又产生过心理影响的数字,并且偶然地得知这组号码的不愿被人们承认的历史渊源。那时，当我和爷爷一起散步，或者当他开始给我画许多的帽子时，我就仔细地看着那五个数字。奇怪的是我当时很兴奋，竟津津有味地想象爷爷得到那组数字的秘密情景。爷爷仰卧在医院的担架上，同时一个高大的德国指挥官（穿着黑皮衣）骑在他的身上，向一个苍白的德国女护士（同样穿着黑皮衣）喊出一个又一个数字，护士则一个接一个地递给他烧烫的铁块。或者爷爷坐在一个木制的小板凳上，对面则是围成半圈的德国科学家。他们身着白大褂，手戴白手套，头上像矿工那样戴着白炽灯。突然，其中一个人结结巴巴地说出一组数字，一个踩着独轮车的小丑随即登场，所有的白色的光灯光立刻把他照得雪白透亮。接着，小丑用一支粗大的广告笔以那神奇的无法擦掉的墨汁在爷爷的前臂上写下那组数字，所有人便都鼓起掌来。或者爷爷站在一个电影院的售票处前，把左前臂伸进圆形的玻璃出票窗口，而在窗口的另一边，一个毛发浓密的德国胖女人开始调整其中一个印章上的五个数字，如同银行使用的日期可变的那种印章（同我爸爸写字台上的印章一样，我非常喜欢玩），之后她便使劲地盖在我爷爷的前臂上。

我就这样对这组数字津津有味地做各种猜想。当然这是我的秘密。我完全被那五个绿色的神秘数字迷住了。在我看来，这组数字不仅刺在爷爷的前臂上，更是刻在他的心上。

直到不久前我仍然念念不忘那组绿色的神秘数字。

太阳西斜时分，我和爷爷坐在他那乳黄色的旧皮沙发上，一起喝着威士忌。

我注意到数字的颜色已经从绿色变为淡灰色，使人产生恶心的感觉。7几乎已经和5混合在一起了。无法辨认的6和9现在是又肿胀又变形的模糊不清的两团颜色。数字 2 完全分开了，给人的感觉是它与其他数字分开了好几毫米。我看了看爷爷的脸，突然发觉在孩提时代的游戏中，或在想入非非的意境中，我都把爷爷想象成苍老的爷爷，仿佛他生来就是老爷爷。也许他是在有了那组数字时就永远衰老了，现在我仔细端详着的这些数字。

那是在奥斯维辛。

最初我并不肯定自己听到他说话了。我抬起头。他正用右手遮住那组数字。毛毛细雨落在瓦上发出淅淅沥沥的声音。

爷爷轻轻地擦着前臂说，这件事发生在奥斯维辛，跟那个拳击手有关。他没有看我，脸上也没有激动的表情，说话的语气和平时不一样。

我本来很想问问他，在经过了 60 年的沉默之后，最终说出这组数字真实来历时是什么感觉。问问他为什么对我说这件事。问问他说出这些尘封许久的话是否会有如释重负的感觉。问问他尘封许久的这些话从苦涩的舌尖滑出时是否还有相同的味道。但是我沉默了，我听着雨声，心里既焦急又害怕。害怕这个时刻会引起他可怕的回忆，也许是怕他再也不对我说什么，也许是怕在那五个数字背后的真实故事并不像我孩提时代想象的那样神奇有趣。

再给我倒一点儿酒，奥伊特茨，他把杯子递给我，对我说道。

我倒了酒，尽管知道如果奶奶提前购物回来，她会指责我这么做。自从爷爷心脏出了毛病，他就只在中午和晚饭前各喝两盎司的威士忌，不再多喝了。当然了，一些特殊的场合除外，比如遇上某个节日或婚礼，或者举行足球比赛，或者伊萨贝尔·潘托哈出现在电视上。但是我认为他这次是为了鼓足勇气把那件事告诉我。我又想，他想告诉我的那件事肯定会扰乱他的思绪，很可能使他心烦意乱，因此以他现在的身体状况，他还过量饮酒。他在旧沙发上坐好，美滋滋地品尝着第一口美酒。我记得在我小时候，有一次我听到他对奶奶说需要多买一些红牌威士忌，那是他喜欢的唯一一款威士忌。而此前不久我在食品贮藏室中已经发现了30多瓶威士忌，都是全新的威士忌。我把这件事情告诉了爷爷。他神秘地一笑，谨慎而又充满痛苦（我永远无法理解这种痛苦），他说：以防发生战争，奥伊特茨。

他仿佛走神了。他忧伤的眼神注视着一扇巨大的落地窗，从那儿能观赏到大雨落在埃尔金山庄广袤绿色山谷里的景象。他一直不停地咀嚼着什么，或是一颗种子什么的。直到那时我才发觉他的纯毛裤子的搭扣是解开的，裤子的门襟竟拉开了一半。

我那时在柏林附近的萨克森豪森集中营。从1939年的11月起我就被关在那里。

他慢条斯理地舔了舔嘴唇，仿佛他刚刚说的话是可以品尝的。他仍然用右手遮着数字，左手则拿着空杯子。我拿起瓶子，问他是否想要我再给他加点威士忌。但他没有回答我，或者他没听见我说的话。

在柏林附近的萨克森豪森，爷爷继续说道，有两个犹太人营地和许多德国人营地，也许有50个德国人营地，有许多德国的囚犯、小偷、杀人犯以及同犹太女人结婚的德国男人。Rassenschande，人们用德语叫他们，意思是种族的耻辱。

他再次沉默了。我觉得他的话语仿佛平静的波浪。或许因为记忆也是来回摆动的。或许因为一定程度的痛苦是可以承受的。我要爷爷给我讲讲罗兹，讲讲他的兄弟姐妹，讲讲他的父母双亲（我保存着他们一家的照片，那是唯一的一张，是许多年前我从一位叔叔那儿得到的。他在战争爆发前就移民了，这张照片就挂在他床边。这张全家福对我无所谓,那些面色苍白的似乎不是真实的人,而是从学校的历史书上撕下来的普通无名氏)。我想让他给我讲讲所有发生在1939年前的事,在萨克森豪森之前发生的事。

雨势减弱了。充满水汽的白色云朵从山谷的深处冉冉升起。

我是我们营地的头儿,我们营地的负责人。300个人。280个人。310个人。有些日子多几个,有些日子少几个。你明白的,奥伊特茨。他用肯定的语气对我说话,而不是问我问题。我看爷爷是想确信我是否真的陪伴着他,真的在听他说话,这样他就不是自言自语了。他说着,并且用手挡着把食物送进嘴里,我负责早上为他们搞到咖啡,下午送土豆汤和面包块。爷爷用手扇了扇风说,我负责卫生,负责拖地打扫单人床。他又用手扇了扇风继续说,我负责把凌晨死去的人的尸体抬出去。爷爷仿佛在举杯庆祝什么似的,他说,但是我也负责迎接新来的犹太人,当他们刚刚到达我的营地的时候,就有人用德语喊犹太人来了,犹太人来了,然后我就出去接他们。我注意到几乎所有到达我营地的犹太人身上都藏着值钱的东西:表链,或者手表,或者戒指,或者钻石。总有值钱的东西,非常隐蔽的藏在身上某个部位。有时候甚至有人把它们吞进肚子里,几天之后,这些东西就通过粪便排泄出来。

爷爷把小杯子递给我,我随即又倒了一口威士忌。

那是我第一次听见爷爷说粪便一词。在那个时刻,在那种情况下,我觉得这个词美极了。

为什么是您,奥伊特茨?趁着短暂的停歇我提出这个问题。爷爷皱了皱眉头,微微的合了合眼,又瞪眼看看我,仿佛突然之间我们说的是不同的语言。为什么他们任命您为负责人?

从他年迈的脸上，从他那刚刚打完手势现在又再次遮着数字的苍老的手上，我理解了那个问题的全部涵义。我明白了那个问题暗含的意思：您得做什么他们才会任命你为负责人？我明白了未曾问出口的问题：您为了生存做了什么？

他笑了，耸了耸肩。

一天，我们的头儿，我们的主任，只是向我宣布我是负责人，事情就这么定了。

仿佛他在告诉我一件不能外传的事情。

爷爷喝了一口酒之后继续说，尽管很久之前，也就是在1939年，当我刚到柏林附近的萨克森豪森的时候，我们的头儿一天早上发现我藏在单人床底下。你知道吧，我不想去干活，我以为我能一整天都藏在床底下。我不知道是怎么回事，头儿发现我藏在床底下，把我拖到外面，开始用一根木棍，也可能是铁棍，往我尾骨这儿抽打。我不知道到底打了几下。我一直被打到失去知觉。我在床上躺了10到12天，不能走路。从那时起，头儿改变了对我的态度。他早晚都对我打招呼问候。说他喜欢我把床打扫得干干净净。直到有一天他告诉我，今后我是负责人，打扫我们营地的负责人。事情就这样定了。

爷爷陷入了沉思，摇了摇头。

我不记得他的名字，想不起他的脸。爷爷说，他口中嚼着什么东西，然后把它吐到一边，仿佛这样他就不会分散注意力，这么做就足够了。他补充道：可他的手非常漂亮。

这真是难以想象。爷爷的双手保养得十分完美。每周，爷爷奶奶坐在一台让人越来越难以忍受的电视机前，奶奶使用一把小镊子拔出爷爷指甲根部的角质，给他剪指甲并锉平，在修整完另一只手之后，就把爷爷的双手浸泡在一个小盆里,那里装满了粘稠透明的液体,并且散发着油漆的味道。在护理完两只手之后,她拿出一个妮维雅的蓝色瓶子,把乳白色的香膏慢慢地、轻柔地涂抹在每一根手指上,轻轻按摩,直到两只手都全部吸收香膏。这时候我爷爷重新把黑石戒指戴在右手小指上,60年来爷爷一直戴着黑戒指,以示哀悼。

所有犹太人在进入营地时都把他们秘密带到柏林附近的萨克森豪森的那些物品给我。你知道,因为我是负责人。我接受他们的那些物品,私下和波兰厨师做交易,我为新来的犹太人换回了更有价值的东西。我用一块表换回一块面包。一条金表链换一杯咖啡。一块钻石换汤锅里的最后一大勺汤。大家最想要的就是这勺汤,全锅唯一的两三块土豆就在那勺汤里。

屋顶上的淅淅沥沥的雨声再次响了起来。我想着那两三块无味儿、煮得烂熟的土豆,在一个被带刺铁丝网围起来的世界里,那可比一块晶莹透亮的钻石还要值钱啊。

一天,我决定给我的头儿一枚20美元的金币。

我取出香烟,开始摆弄其中的一根。可以说我舍不得点燃它,这也是对爷爷的尊敬,是对那枚20美元金币的尊重,我把它想象成一枚黑色的、氧化的金币。但是我最好对此不予置评。

我决定给我的头儿一枚20美元的金币。兴许我以为已经取得了他的信任,想和他好好相处。一天,又一批犹太人来营地时,其中的一个乌克兰人给了我一枚20美元的金币。原来他是把金币藏在舌头底下。就这样,他在舌头底下藏着一枚20美元的金币过了一天又一天。而乌克兰人最终把它交给了我。等到所有人都离开营地去田里干活的时候,我和头儿走在一起,把金币给了他。他什么都没有对我说,只是把金币放进他外衣的上面口袋中,转身就走了。几天之后,有人半夜踢我的肚子把我踹醒了。我被推到外面,头儿就站在那里,他穿着黑色的雨衣,双手插在后背。这时我才反应过来,为什么他们对我又踢又踹。地上都是雪,没有人说话。他们把我扔到一辆卡车的尾部,然后关了车门。一路上我一直似睡未睡,哆哆嗦嗦。天亮了,卡车终于停了下来。透过木头上一个窄长的缝隙我看到临街金属门上一幅巨大的招贴画,上面写着:Arbeit Macht Frei,干活即超脱。我听到了笑声。你知道那是放肆的笑声,肮脏的笑声,他们是想用那幅愚蠢的招贴画嘲笑我。他们打开了车门,命令我下车。到处都是雪。我看见了黑墙。然后我就看见了奥斯维辛11号营地。那已经是1942年了,我们所有人都听说过了奥斯维辛的11号营地。我们都知道到了那儿的人从未出来过。我被扔在了奥斯维辛11号营地一个牢房的地上。

爷爷把空酒杯送到嘴边,这是一个没有含义、某种程度上下意识的动作。

牢房昏暗、潮湿。屋顶很矮,几乎没有丝毫光线,也没有空气。只有湿气和拥挤的人群。许多人挤在一起,有的人在哭泣,有的人在低声祈祷。

我点燃烟卷。

爷爷常常告诉我,我的年龄和交通信号灯一样大,因为国内的第一个交通信号灯在我出生的那一天安装在市中心一个陌生的交叉路口上。在信号灯前我激动不已,问妈妈婴儿是怎么来到母亲的肚子里的。我仍然半跪在一辆巨大的玉石色的沃尔沃后排座位上,不知为什么,这辆小汽车在红绿灯前仿佛激动地发出颤抖声。我当时没有提起一个名叫哈斯本的朋友,他曾经在休息时间私下对我们说,当一个男人亲吻女人的嘴唇,女人便会怀孕,另一个名叫阿斯图里亚斯的朋友则非常大胆的争论道,男人和女人得一起光着身子,一起洗澡,然后直到一起躺在同一张床上睡觉,而不需要互相触碰,女人就会怀孕。我在后排座位和前排两个座位之间的舒适空间里站着等待回答。沃尔沃在名叫美景大道的红色信号灯前颤抖着,天空湛蓝,空气中可以闻到烟草的气味,也有茴香口香糖的香味。一位穿着皮凉鞋的农民目光忧郁伤感,他走近我们讨要施舍。妈妈难为情地停顿了一会儿,力图找到合适的话语回答我,她说:当一个女人想要生一个娃娃的时候,她就去看医生。她想要一个男婴的话,医生就给他开一片天蓝色的药片;她想要女婴的话,医生就给她开一片玫瑰色的药片。女人把药吃了就行了,她就怀孕了。绿色信号灯亮了,沃尔沃停止了颤动,而还站着的我,抓住一切能抓住的东西,以免自己被甩出去。我幻想着自己被装在一个小小的玻璃瓶中,和一群天蓝色的男婴和玫瑰色的女婴混杂在一起。我的名字则被刻在浅浮雕上(就像阿司匹林药片上刻着拜耳这个词一样,我经常服用这种药片,闻起来有点石膏味)。我纹丝不动,沉默不语,等待某位女士来到医生的诊所(透过玻璃,我看到她是扁平的畸形的,如同透过马戏团的哈哈镜看到的一样),用一口水把我吞进肚子里(我这个天真单纯的小孩当然感觉到了厄运的残忍,感觉到了让我躺在了随便哪位女士张开的手上的暴力。仍然是这只意想不到大汗淋淋的大手,把我扔进了一张同样是意想不到大汗淋淋的大嘴里)。我就这样最终被塞进了一位陌生女士的肚子里等待出生。我从来无法摆脱被塞进玻璃瓶中被遗弃的孤独感。有时候,我忘记了那种感觉,或者我决定忘记它,或者我荒谬地相信我已经完全忘记了这种感觉。直到有一天,随便一件什么东西,即使是最渺小的东西,把我重新塞进那个小玻璃瓶子里。比如说，我15岁那年同一个叫桥梁的五比索妓院的妓女有了第一次性经历。比如说，一次巴尔干半岛旅行结束时弄错了房间。比如说，一个金黄色的金丝雀，在大半个特克潘集市里挑选了一本神秘的玫瑰色的预言书。比如说，我最后一次握了一个口吃的朋友寒冷的手。比如说，那个昏暗、潮湿、拥挤、无时无刻都可以听到窃窃私语声的牢房，幽闭而恐怖的牢房，60年前我爷爷被关的奥斯维辛11号营地的那个牢房。

有人在哭泣，有人在祈祷。

我把烟灰缸递过来。我已经觉得有一点头晕了，但我仍然把剩下的威士忌倒进两人的杯中。

当一个人知道第二天他将被枪决的时候他还会做什么呢，嗯？什么都不会做。要么放声大哭一场，要么祈祷。我不会祈祷，但是那个晚上，我人生中第一次祈祷了。我一边祷告，一边思念我的父母，我想第二天我就会跪在奥斯维辛的黑墙前被枪决。那是1942年了，我们所有人都听说了奥斯维辛黑墙的事。而当我从卡车下来的时候，已经亲眼目睹了奥斯维辛的这堵黑墙，我知道那就是执行枪决的地方。只要往后脑勺"嘣"一枪就完事。不过奥斯维辛的黑墙并没有我想象的那么大。我也没觉得它有那么黑。黑色墙面上有白色的污点，整个墙面布满白色污点，爷爷一边说，一边用食指打着手势。而我则抽着烟，幻想着布满星星的天空。他说，那是白色的污渍。他说，也许是穿过无数后脑勺的子弹留下的痕迹。

牢房一片漆黑，爷爷的语速很快，仿佛是为了不掉进那个无底的黑洞里。坐在我旁边的男人用波兰语跟我搭讪。我不知道他为什么用波兰语跟我说话。也许是因为他在我祈祷时听出了我的口音。他是罗兹地区的犹太人。我们两个都是罗兹的犹太人。但是我住在靠近绿色市场的赛罗姆斯基大街,而他就住在对面的波尼亚托夫斯基公园附近。他是罗兹的拳击手,一位波兰拳击手。我们用波兰语说了一整个晚上。倒不如说是他一整晚都在用波兰语跟我说话。他用波兰语对我说,他在11号营地已经待了很长时间了,德国人让他活着是因为他们喜欢看他拳击表演。他用波兰语对我说第二天他们将对我进行审判。他还用波兰语告诉我在审判过程中我应该说什么,不应该说什么。我们就这样度过了一晚上。次日,两个德国人把我从牢房里带走,连同带走的还有那个在我手臂上刺了那组数字的年轻犹太人。我被带到一个办公室,在那里一位小姐对我进行审判。我告诉审判小姐波兰拳击手要我说的话,但没有告诉她拳击手不要我说的话。我就这样得救了。你知道,我说了拳击手的话,是他的话救了我的命。而我甚至都不知道那位波兰拳击手的名字,连他的脸都没有看清。或许他被枪决了。

我把烟掐灭在烟灰缸里,喝了最后一口威士忌。我本想问爷爷关于那组数字以及给他刺那组数字的那个年轻犹太人的故事,但是我只问了波兰拳击手对他说的话。爷爷好像没懂我的问题,于是我急切地大声地重复了一遍问题:奥伊特茨,拳击手告诉您在审判中要说的和不要说的是哪些话?

爷爷不好意思地笑了笑,身子往后靠了靠。我想起来了他一直拒绝说波兰语。他60年来甚至没有用母语说过一句话。爷爷说,在1939年11月,背叛他的人说的便是他的母语。

我从来不知道爷爷是不是还记得波兰拳击手说的话,还是选择不说给我听,抑或那些话已经不重要了,抑或那些话已经实现了自身的目的,永远和在漆黑的夜晚说过那些话的波兰拳击手一起消失了。

我再次看了看爷爷手臂上的那组数字，69752，那是1942年冬天的某个清晨一个年轻犹太人在奥斯维辛刺在爷爷手臂上的。我力图想象波兰拳击手的脸，想象他的拳头，想象子弹在穿过他的后脑勺之后可能造成的白色痕迹，想象他说的那些救了我爷爷命的波兰话，但是我仿佛只看到了排在望不到头的队列里的人，他们个个赤身裸体，面色苍白，干瘦如柴，每一个人都在默默地哭泣和祈祷，每一个人都是同一个宗教的信徒，他们的宗教信仰就是数字。与此同时，他们排队等候着，等待有人给他们每人的数字编号。

匆匆半生路

〔阿根廷〕佩德罗·迈拉尔
姜萌 译

我们一早就出门了。爸爸开着他那辆刚买的紫红色标致 404。我爬上了半月形车窗躺在后车厢里,感觉很舒服。我喜欢靠着后车窗玻璃,这样我就可以睡觉了。每当我们要去乡间的别墅过周末的时候我都非常开心,因为平日住在市中心的房子里,我唯一能做的也就是在天井房包围的院子中踢踢网球玩,这个院子在车库之上,除了一点儿空气和光线什么都没有,四周被高高的间墙环绕,墙壁被焚烧炉的烟尘熏得很脏。如果我在这个院子中仰望,就感到自己仿佛被困在了一个烟囱之中,如果我大声呼喊,喊声基本传不出去。周末去乡间的旅行把我从这种天井中解救出来。

街上的车辆不算多,这或许因为是周六,也许是因为这个时期布宜诺斯艾利斯还没有这么多汽车。我带着一个火柴盒玩具小汽车,把它装在了捉昆虫用的瓶子中,里面还有几支蜡笔,把它们按长短排好了顺序,我可不能让太阳晒着他们,要不它们会被晒化了的。谁都不觉得我一路躺在后窗玻璃这儿有什么危险。我喜欢这个由后车窗玻璃形成的有安全感的角落,那儿还贴着"体育器材供应商"的广告贴纸。路上,我喜欢观察后面的汽车,因为它们的前部就像人脸一样:大灯就像眼睛,保险杠就是胡须,格栅就是牙齿和嘴。有些车长着一副好人的模样,也有的车则像坏人。我的哥哥姐姐也喜欢我躺在后窗,这样他们就能有更多的空间。除非天太热,直到我长大了一些,以致后面已经装不下我之前,我从来没有坐过车中的座位。我们走的路很长,我不知道是否因为有太多的红绿灯,不过我们确实走得很慢,而且后来那辆标致已经处于半报废的状态了,因为排气管已经松动了,噪音很大,大得我们只能叫喊着说话,还有一个后车门已经坏了,是妈妈用米格尔的风筝线绑上的。

  旅途非常漫长,尤其是老碰上红灯的时候。我们三个孩子为了争坐靠窗的位置而打闹着,因为谁都不愿意坐在中间。在巴斯将军大街上,我们会轮流把头探出窗外透透气,不过要戴着维姬带来的眼镜,以免被风吹得流眼泪。爸爸妈妈并不管我们,除非是我们路过警察旁边,因为这时候我们需要坐得笔直、保持安静。后来我们换了辆雷诺12,有一次米格尔手中的半盒"拳场泰山"[①]小卡片飞出了车窗外,他发疯似的喊叫,爸爸把车停在人行道旁,想要捡回它们。我突然发现两名士兵向我们走来并用手中的自动步枪指着我们,告诉我们这里是军事禁区。他们问了爸爸几个问题,还搜了他的身以确定他没带武器,然后又检查了他的证件,小卡片没拾回来就又得上路了,它们就散落了在那里,其中一张还是马丁·卡拉达希安[②]亲笔签名的。

---

  ① "拳场泰山"是一部2002年在厄瓜多尔上映的西班牙语电影。
  ② 马丁·卡拉达希安(1922年4月30日–1991年8月27日)是阿根廷职业摔跤手和演员。

爸爸在收音机里寻找着古典音乐节目，有时可以清楚地收听到索德雷电台。我们在后座漫不经心地听着，爸爸可能会突然喊一声"快听这个，听这个"，这时候需要我们停止打逗来安静地倾听一段咏叹调或是一段慢板乐章。后来，有了车载的磁带播放器，莫扎特的音乐完全占据了我们整个去别墅的路途。我们向后看着走过的路：道路很整洁，树木修剪得不错，树干还喷上了白灰；我们听着弦乐五重奏、交响乐、钢琴协奏曲还有歌剧。维姬带头造反用《费加罗的婚礼》或是《唐·乔瓦尼》中的女高音换成我们最喜欢的赞歌："我们要吃饭，我们要吃饭，凝固的血液搅拌在沙拉中……"不过后来维姬开始带着书在路上安静地读，完全不注意其他人，每次出行她都越来越不开心，因为是大人们逼她出来的。后来爸妈允许她周末留在市中心，去和她的朋友们看电影，她们都已经开始交男朋友了。这样我和米格尔就都各自有了一个无可争议的车窗，就算再邀请一个朋友，我们俩也都毫不客气地靠窗边坐。

我们感觉永远都到不了目的地。因为爸爸的活还没干完，趁这个时候，妈妈带着我们出门，半路上她会先买一些家具或者花草，让我们等很久。这时我和米格尔在后座上玩：看谁能憋气憋更久，我们都互相把对方的水下呼吸管堵上以免对方作弊，如果我们不玩这个，也可能会即兴来一个小铲子的比赛，比赛工具是一个纸做的面包和两条蛙腿。我们等了那么长时间，以致塔尼娅汪汪乱叫，因为它被我们关在猎鹰小型货车的后面憋得难受，这辆猎鹰是我们继雷诺之后换的车。这时妈妈才会出现，拿着刚买的花草或是盆花，或者某件用具，把东西绑在车顶上之后我们继续前行。

米格尔邀请的朋友们总在换，我带着点惊异不安又有点幸灾乐祸的期待看着他们，因为我知道我们到了之后他们就会开始落入米格尔总是准备好了的陷阱中：客人橡胶靴中的死老鼠、棚屋中的幽灵、凶猪的闹剧还有从房上可以看到的那排棕榈树旁的用枝叶覆盖住的陷阱。上午堵车的时候，在车里，我就会开始看着米格尔的那些朋友，这是我第一次品尝恶作剧的滋味。我更喜欢看到其中那些自信而傲慢的朋友，因为我知道这些陷阱使他们更加感到的羞辱。而我，是以一种间接的、不明确的方式参与到了这些陷阱的设计中。米格尔的客人们基本上没有再来第二次的。

高速公路第一部分完工并开始收费之后，交通更顺畅了。维姬和她有车的朋友们一起走了。爸爸基本不来了。妈妈开着摇摇晃晃的小货车，米格尔用我的画本涂鸦着，制定着偷看维姬的朋友换衣服的战略。后来米格尔也逐渐来得少了，我可以独占着整个后座睡觉。妈妈停车把我叫醒让我去给散热器加水，因为发动机过热已经无法正常工作了。有时我们会在路边买个西瓜吃。

在火车道的路障旁，曾经有一两个地方让流动小贩卖东西，现在会有截肢或是瘫痪的残疾人在那儿乞讨，还有的人在那儿卖杂志、皮球、圆珠笔、各种工具，还有卖玩具娃娃的。在我们要经过的那些村镇旁的红绿灯下也会有人乞讨个一两块钱，也有人卖花或罐装汽水。爸爸的公司给了他一辆有自动按钮的福特塞拉，由于米格尔前不久刚被打劫过，妈妈让我在等红绿灯的时候把车窗关上，把门锁按下，因为害怕那些卖东西的人抢劫。她说他们会扑上来的，而且，杜克可能会咬他们。后来，空调给了我们一个一路都不开窗的理由。汽车变成了一个安全舱，内部有一个自己的小气候。外面的垃圾越来越多，政治标语也被喷漆喷得到处都是。而在车里面，新的立体声音响让音乐听起来很清晰,妈妈忍受着我放的索达或是警察乐队的磁带,显得颇有耐心。

汽车速度越来越快,我们总感到快到目的地了。尤其是在我开始开车之后,我加快速度但妈妈注意不到,因为她安静地在副驾驶座上照着镜子,欣赏自己刚刚做的"拉皮",就好像是我一加速就会把她的皮肤向后拉得更紧实似的。后来,爸爸去世之后,妈妈更愿意让米格尔开车,他像回头的浪子一样又和我们一起走了,而这时候维姬已经在波士顿定居了。对我来说,这段路好像越来越奇怪了,我开着一个绰号叫"中国人"的爸爸的黄色金牛座车,我们把车窗紧闭,现在不是怕有人抢劫我们了,而是不想让车里大麻的香气跑掉。车里播放着《野马》,有时我们就这样听着听着出了神,就好像在这漫长无聊的旅途中,飞快的车速也获得了一丝平静与祥和。后来我开着加布列拉妈妈的车,还好它很省油,让我们平日里可以出去转转享受二人世界。这个时候大家已经开始谈论土地征用的问题了,不过这基本还没有变为成文的通告,离施行还差两届政府呢。加布列拉穿着性感的小衣服让我不得不只用一只手来驾驶,另一只手用来从膝盖慢慢向上爱抚她的腿。我也用不着换挡,因为我就只管把油门踩到底,这时候加布列拉就会在我耳旁告诉我别着急,说我们等一会就到了。我感到乡间的别墅就那么远,有些可望而不可即。

再后来,加布列拉肚子开始大了,我们一起旅行以便开始适应新的家庭生活。我们坐在她哥哥借给我们的大众汽车中,系着安全带,因为现在我们开始害怕死了。而离终点也没有几公里了。时光飞逝,而且越飞越快。路上的小汽车越来越多,收费站也越来越多。高速公路就要完全竣工了。我们在一个服务区停车,在那儿吵架。加布列拉去卫生间哭泣,我得从外面求她出来。后来我们为比奥莱塔买了婴儿座,这个小可爱睡在后座,也系着安全带。我们三个都这样被绑着。

  我踩着油门因为我想早点儿到能吃午饭。加布列拉却说没关系,我们可以路上吃麦当劳。为此我们又吵一架,她又不理我了。我戴上黑色墨镜继续加速。我利用路上这段时间听听要在广播里播出的广告歌曲的片段。离目的地不远了,我双手按着雅仕的方向盘,加布列拉老让我慢点开,到后来她索性就不跟我出来了,她周末开始带着比奥莱塔回娘家了。我独自开着车,听着用光盘播放的莫扎特的钢琴协奏曲,音质非常美好。发动机的引擎没有噪音。高速公路竣工了,路旁拉着隔离电线防止行人穿过。我走在快车道上,看了一眼里程表:时速165公里。我差点超过了目的地。我从远处望见了那三棵棕榈树,然后等着它们能排成一行。它们靠近了,我也向它们靠近了,直到第一棵棕榈树挡住了后面的两棵,我自言自语道"就是这儿了"。我好像几乎是喊了出来,但事实上我是慢慢说的,我说这句话的地点恰恰就是土地征用前我们那幢在乡间的房子,在它被拆掉并在上面建了高速公路之前应该就是在这里。我感觉就在千分之一秒之内我穿过了当时的那些房间,越过了我和米格尔一起玩"拳场泰山"的那张床,驶过了妈妈种的那些花草丛中塔尼娅和杜克的坟墓,走过了一种带有潮湿的、金属的气味的地方,那给人一种把青色的李子扔在水池底以便之后再去找的感觉。经过了那种在我们玩儿瓶盖游戏时突然跑出一条蛇的惊恐,还有雨夜中把球踢进了唯一一间窗户坏掉的棚屋,使我们只能拿着手电在充满蛤蟆和水坑的小屋里寻找的那种回忆。现在,川流不息的车辆在房子的灵魂之上驶过。时间是正午12点整,太阳照射着柏油马路。我是一个已经离婚的男人,一个正要第一次去哥哥的乡村的广告商，但是忘了该如何走，我已经迷路了。我是一个不知道该在哪停车，只能不停跑路的旅行者。这段旅程从今天一早出门开始，那是好久以前，从躺在后车窗上开始的。

盆景

〔墨西哥〕瓜达卢佩·内特尔
高洋洋　译

> 我们的身体就像是盆栽,
> 没有一片无辜的树叶能够自由地生长,
> 而不被恶狠狠地修剪掉,
> 我们肤浅的理想是那么的狭隘。
>
> 　　　　　　　　　　基恩特塞·诺尔布

自从结婚以后,我就养成了一个习惯,喜欢在周日的午后去植物园散步。这也是逃离工作和家务休息一下的一种方式——如果我周末待在家里,妻子绿就一定会让我修理某件东西。吃过早饭,拿起一本书,穿过居民小区,走到新宿大街,然后从东门进入植物园。这样就可以沿着园中长长的喷泉和一排排的树木散步。有太阳的话,就在长椅上坐下来读读书。下雨天就去咖啡馆,此时那儿总是空荡荡的没什么人,我就找个窗前的位子看书。回家的时候,从后门出去,那里的门卫认得我,总会亲切地跟我打招呼。

盆 景

虽然每个周日都去植物园,我却在很多年之后才进到它的温室。从很小的时候我就开始学着享受公园和树林,但是从来没有对植物特别感兴趣过。植物园对于我来说就是一片满是绿色的建筑空间;是一个人可以去的地方,但是一定要带着书或者可以消遣的东西,甚至可以和公司客户到那儿去谈成一笔好生意。青年时代我曾和学校里的女同学去过这个植物园,后来又同大学的恋人一起去过,但是她们也从没有过去参观温室的想法。应该承认温室不那么吸引人:与其说它是个封闭的花园,倒不如说它更像是一个鸡舍或者蔬菜商店。我把它想象成筑地市场,一个让人难以忍受、变得发疯的地方,虽然它没那么大,而且长满了叫不出名字的陌生植物。

但是一天下午,突然间,温室开始引起了我的兴趣。我记得是在一个连休的周四,那次我们没有离开市区,但周围的环境让人感觉好像周日一样。大概正因如此我突然想去林间散步。那不是一个十分适宜到外面散步的天气。出门的时候,妻子提醒我正在下雨。我拿起一本书和一把雨伞,然后准备离开公寓。但是,当我刚要关上楼下的栅栏门时,绿微笑着出现在了楼梯上,她穿着雨衣,告诉我要跟我一起去。

从我们结婚以后,就再也没有一起去过那个植物园散步。过了这么多年,青山植物园已经变成了我的专属空间,一个我逐渐将其据为己有、时常到那儿去躲避,并且可以杜绝一切外界联系的偏僻孤岛。我不否认,对于绿开始每周日陪我去青山,我是有些顾虑。当我决定结婚的时候,我就准备和她分享一切,我愿意让她知道,我们之间没有任何秘密。

同往常一样,我们从东门进入植物园,跟门卫打了招呼。门卫见我身边有人陪伴,显得很高兴。他可能早就对我的家庭情况有些疑问,因为他从来没见过我和谁在一起。另外,我和绿给人一种幸福美满夫妻的印象,或者说是天作之合的一对。从结婚那天大家就一直这样说,直到对这种说法感到厌倦了,也就是到了我们自己也这样认为的时候。绿特别喜欢下雨,所以那天她很兴奋。我记得她在伞下比比划划地讲着在青山的少年时光。虽然那时我们并不认识,但我们少年时期都住在这个居民区,并对它有着特别的情感。

"以前我跟你一样,经常来这个植物园。"她跟我说,仿佛想重温当时的情景。

"可是我们从来没有见过,很奇怪,不是吗?"

我妻子在植物园走了一遍又一遍,像一个离开很久又回到自己田产的主人,检查着所有的东西,考验着时间造成的危害。我一直在撑着我们共用的伞。就在似乎她永远不会走累的时候,她却突然停下来,好像想起了什么。

"看!"她睁大眼睛说道:"温室!"说罢她冲出伞外,跑向那个古旧的房子。我站在原地没动,看着她跑过去,感觉双脚一点点陷进潮湿的泥土里。

但是温室的门是关着的,这让绿非常失望,就像刚才非常兴奋一样。

"要是能再看见那个老人该多好啊!"她叫喊着。

我不知道她讲的是谁,于是问她。

"从前这儿有个园丁,我经常坐下来跟他聊天,跟他无话不谈。别的人谁都不愿意跟他聊天。据我的同学们说,他会让人感到胃部不适,好像是不祥之人。但我挺喜欢他,他确实没对我有过什么伤害。"

"他们真的这么说吗?"这着实让我很感兴趣,便继续问道,"那他都讲些什么？"

"说实话，我都不怎么记得了，大概讲的是植物。"

"那些植物如果不是当作食物或是用来冲茶饮的话，又怎能让胃那么不舒服呢？"我问道。

我们都笑起来，然后换了话题。那天下午在青山植物园剩下的时间过得像开始时一样平静。我和绿很早就回家了，不停地做爱，直到入睡。周一上班的时候，我盯着办公室的地板发呆，发现自己一直在想着那个园丁。我跟植物园门口小屋里跟我们打招呼的门卫很熟，也认识每年春天修剪灌木、在喷泉周围种花的那个人。但是这么多年，从来没有见过绿所说的园丁。如果那位老先生还在的话，那比起我来，我妻子才更像植物园的主人。

之后的那个星期天，我不由自主地直接走向温室，但那里依然没人。我走近小屋，向门卫问起那位老人。

"他周日不来，"门卫回答，"您为什么要找他？"我感到他脸上露出不安的神色。

"我妻子认识他，让我代她问候。"我撒了个谎。

"他现在几乎不怎么来了，年纪太大了，已经不适合再继续工作了。但是，您干吗不周六过来转转，碰巧的话，说不定能碰到他。"

就这样又一周过去了，我仍然没有见到那位老园丁。

每周六绿都会在美容院待一个下午。正像青山对于我的散步一样，对绿来说，美容院是她的专属空间。如果在那个时间看到我从窗外的街上走过，她都会惊讶得头发都竖起来。而我在那个时间也真的不知道自己该干什么。有时会翻翻看过的报纸或看看电视里的体育节目。我记得那个周六下的雨很脏，是冰雹化成雨。跟妻子不一样，我很讨厌下雨。但那天绿一走出公寓,我就穿上雨衣朝青山植物园走去。像那样的下午,园丁又那么大年纪,不太可能会在工作。但当我到温室的时候,看见他穿着银灰色的制服,跪在那里,折腾着花盆里的土。我慢慢地走近他,一脸的恭恭敬敬。

"看哪!"看到我,老人惊呼道,"今天是周六呀,什么风把您给吹来了,冈田先生?"他的问题令我一时惶恐不安。我不好意思告诉他我是专门来认识他的,就这样,我搪塞了过去。

"您怎么知道我只是周日来呢?"我问他。

"一个园丁会了解他地盘里的每一条虫子,哪怕是那些偶尔光顾的。"

我笑了。虽然他的玩笑有些不雅,但我也一点儿也没感觉到绿所说的那种胃不舒服。相反,老先生看起来很和善,让我想跟他一起待一会儿。于是我继续待在温室里,看着他干活。跟花园里的其他职员工不同,他不带手套,用一个很小的铲子刮开泥土,然后用长满皱纹的手指拔起植物的根。至今,差不多一年过去了,只要一想起他那变黑了的指甲我就感到悲伤,但是当时我觉得他的手很奇怪,就像魔鬼或者某个故事人物的手。

园丁又默默地回头去干他的活。为了不打扰他,我装出对里面的各种植物的名字感兴趣的样子,在温室里转了一圈,但不一会儿又重新走近园丁。看到我回来,老人抬起头,向我投来一道水汪汪的目光。他那黑色的眼球看上去像在大大的眼窝中浮动。跟许多上了年纪的人一样,他的表情有点孩子气,仿佛这个世界依然让他感到惊奇。

"您喜欢植物吗,冈田先生?"他严肃地问我。

"坦率地说,我从来不感兴趣。"我回答。

"我应该想得到,您跟那些人一样,来植物园只是来逛逛的,对吗?如果下个周日松树变成了一排柏树,对您来说是一样的,或者也许您压根儿就没注意到。"

"可能您说得对。"我承认,"只要松树和柏树没有多大差别。"(事实上,我根本就不知道柏树是什么样子)。

老先生看了我一眼,什么也没说。我想,对于一个满腔热情的园丁来说,我刚刚说的话可以解释为一种辱骂。但是不管是在他的脸上还是在他湿润的黑眼睛里都没有露出半点儿气恼的迹象。

"我不怪您,"他终于说,"不管是喜欢还是讨厌这些植物,首先都应该了解它们。"

"还能讨厌它们?"我问,

"植物是有生命的,冈田先生,人类和它们的关系就如同与任何一种生物之间的关系。您对动物也不感兴趣吗?"

这让我想起了我中学时候养过一只狗。我和妹妹很开心地跟它玩儿了一段时间之后,就把它扔在厨房不再理睬它了,甚至都不记得它是怎么从那儿不见了的。

"坦诚地说……"我又说道。

"尽管您可能有自己的看法,但是植物比动物更难侍奉,如果您不好好管理它们,它们就会死掉;一句话说,它们就永远讹上你了。如果您栽上一棵植物,那就会看到:一旦它长出第一片叶子,您就得不停给它浇水;等它长大了,您还得给它换花盆,也许时间长了它还可能招灾。您不知道,冈田先生,植物可烦人呐。"

我环顾四周,温室所有的花都摆放得整整齐齐、漂漂亮亮。所有的花好像都在它们自己的位置上:喜阳的植物在阳光充足的地方,喜阴的在大棚的尽头，那里比前面的地方要阴暗。看起来园丁把他的工作做得完美无缺。

"既然您那么讨厌植物，"我问，"那为什么还在温室里忙活呢？"

"我们管这就叫作责任吧"他简明地回答，"我们有些人是有责任感的，虽然不是所有人都知道责任的含义。从一开始接手温室的工作，我就决心好好照管所有的植物。我会一直这样做，直到我干不动的那天为止。"

第二天我没有出门，因为周六我在那儿待了整个下午，就没有再去青山植物园，而是留下来陪我的妻子。不出所料，她给我安排了一大堆活儿，比如修理厨房的门——门锁不好用了，应该换掉；在卫生间的墙上装个托架——柜子里已经装不下她的化妆品了。之后我们看了会儿电视，虽然绿一再坚持，那天下午我们到底没有做爱。我也没有跟她讲我去了温室。

从那之后，我就把每周日去青山植物园改成周六下午了，并且也不再像之前那些年一样从东门进去，而是直接从离温室最近的入口进去了。我不再在树木间散步，也不再在长椅上坐下来读书了。看到我来，老先生并不感惊讶，而是用熟悉的微笑跟我打招呼。而且随着时间的推移，跟我讲的话就比较少了，基本上就是讲讲他正在修剪的植物。这让我想起在办公室经常在一个空间里工作的两个人之间那种气氛。只是在这里我不跟老花匠一起工作：我坐在他对面，点上一支烟，之后是第二支，看着他干活。慢慢地我熟悉了他的工作，还有那些植物。它们其中的一些比其他的更能引起我的兴趣。当我感到累了，就跟老先生告别，离开温室，去对面的咖啡厅喝点东西。这可能看起来有些愚蠢，但是每个周六的下午我都是这样度过，而在我看来这完全是一种奇遇。不知是因为看园丁工作,还是因为观察那些植物本身,或者还是因为这种秘密的状态,我始终什么也没有告诉绿。而且像惯常那样,为了保护这个秘密我必须开始要些花招。比如周日的时候从书房里拿本书,然后从家里出去装作要去植物园散步的样子。而事实上我是待在离我们家几个街区的源氏香咖啡厅里。就这样不知不觉过了一个多月,我都避开和绿谈起这个话题。我心中暗想,"归根结底是她跟你提起的老园丁,也是她的回忆激发你进入了温室。为什么你还对她保密呢?"这种感觉就如同是我偷了她的东西但却不愿意还给她一样。然而这非但没有让我感到羞愧,反而获得了一种不愿意戒除的愉悦。这就好比小偷要紧紧抓住他的赃物,尽管十分滑稽。我却不愿与妻子谈起这个话题。但是,这种愉悦不会维持多久。

  就像我之前说过的,植物开始越来越能引起我的兴趣,至少不会让我感到厌烦。不过也没有到入迷的程度。然而,很快我就逐渐发现这些植物都有自己的个性。也就是说,他们不再是一件死物,而是变成了生物。比如一天我注意到园丁从来不去管那些仙人掌。它们就那样被遗忘在干燥的褐色的泥土里。有的像哨兵一样挺立着,有的贴着地面,像个线球,酷似刺猬。我走近花盆仔细地观察了几分钟:它们一直保持着挺拔的防守姿态,一动不动,其绿色的表皮上长满了小刺,这让我想起自己的脸,如果两天不刮胡子就成这个样子。我妻子说,作为一个日本人我的毛发太重了。但是除了胡子之外,我觉得我和仙人掌之间还有某种程度的相似(不知怎么它让我感觉如此亲切,虽然也不乏一点儿怜悯)。它们与其他植物,比如扩展型的蕨类植物和棕榈有什么不同呢?我越看这些仙人掌,就越理解它们。它们在那个大温室里一定会感到孤单,哪怕互相之间都没办法交流。仙人掌是温室里的局外人，它们自己也清楚这个事实，因此总是摆出防御的姿态。"如果我生下来为植物，"我心里想，"我一定也属于这个品种。"

一个不可避免的问题随之而来：如果我是一株仙人掌，那么绿是什么植物呢？这个我选择与自己共度一生的女人显然不是仙人掌，一点儿也不像。绿的确也是脆弱的，但是是另一种形式，她没有浑身是刺，摆出一副防御的姿态。不，她应该是另一个物种，一种更柔和得多，但同时又容易共存的物种。那个周六我花了一整个下午观察温室里的不同植物，但没有发现一个跟绿相像的那种。

日子一天天过去，我愈发觉得自己属于仙人掌类。在办公室，我总是保持傲慢的姿态，时刻惶惶不安地等待着门打开让坏消息进来。每次电话铃一响，我就感觉到身上又长出一根新刺。

我的确一直是这样的。同学们和同事们都曾经拿我不合群的性格开过玩笑，不过我也从来没有当回事。相反，现在我觉得一切都是我性格顺理成章的后果。我想一直是这样的：我是一株仙人掌，而他们都不是。时不时地我会在公司的电梯或者走廊里认出经过的其他某个仙人掌。那时我们几乎是无可奈何的互相打个招呼，尽量谁也不去看谁。

我好像突然释然了。从那时起我放下了之前令人烦心、苦恼的事情，就比如不会跳舞这件事。绿的舞姿十分性感，总是责怪我体态僵硬。"没有办法呀！"我现在就可以恬不知耻地这样回答她："谁叫你选择同一颗仙人掌结婚了呢！"那几天我在公司餐厅遇见同事也不再像之前那些年一样对他们露出虚伪的笑容。不是我不和善，而是这就是我本来的特性。然而和我想象相反，他们没有把这当成一件坏事。更想不到的是，办公室的同事们还说我最近看起来"状态很好"，甚至"更加自然"。

家里也发生了一些变化。如果没有什么可说的,我就不说话。从那以后,我拒绝敷衍地和绿谈她的修脚师、她的新衣裳或者她朋友岛本的假期趣闻。特别是我也不再为没有告诉她我和园丁的友谊而感到愧疚。这并不代表我对她的爱在减少,相反,我越这么想,就越觉得和这个世界联系更紧密了。但是绿不这么想。她对于我认为自己是仙人掌这件事反应非常夸张。她愈发频繁地问我下午去哪儿了,不仅如此,在性欲方面也异常执着。早上上班前或是晚上睡觉前,她总会想要做爱,这显然和我仙人掌的特性不符。

一天晚上,我被噩梦惊醒,却记不起梦见什么了。圆圆的月亮透过障子[①]照进来,蓝色的月光洒满了房间。绿压在我的身上沉沉地睡着,呼吸平静而均匀,她的胳膊和腿和我的缠在一起,犹如爬山虎或是忍冬花的藤蔓。就这样我终于知道,我的妻子是爬山虎,柔和、光泽。"所以她才那么喜欢雨,"我想,"而我都没法忍受。"于是有几分钟的时间里我都在想绿,想她悄无声息的无孔不入,占据了我的生活。想得越多越没了睡意。幸运的是,我想起了第二天的安排:九点有一个重要的会谈。我必须赶紧睡着。

第二天早上我费了好大劲儿才起床,洗澡的时间也比以往要长。早饭时我的妻子一言不发,好像是有什么心事。

"你怎么了?"我关切地问,但还是避免触碰她。

"嗯,没事。是因为昨晚做了个梦。"

[①] 障子(しょうじ)指的就是日本人房间里的隔扇,这是在木制的格子的一面贴上薄薄的半透明的和纸的门窗。

"什么梦?"我惊呼,声音里透着不安。

在回答我之前,绿深吸了一口气。

"我梦见我们有一个孩子,一个漂亮的小宝贝。我们从来没有谈过这件事。"

她看着我的眼睛,用探寻的口气问我,就好像试图看穿我的想法。我不禁打了个寒战。

我看了一眼闹钟:我已经迟到 15 分钟了。

"我们晚上再说,我向你保证。"

我跟绿结婚八年了。身边的朋友几乎都有孩子了。当他们问我们为什么一直那么幸福,我们说秘密就在于不要孩子。很奇怪,恰恰在我发现她真实身份的那个晚上,绿就谈到了这个话题。

那天早上的会谈完全失败,我一分钟都没办法集中精力,就更别说说服客户签合同了。我决定利用下午的空闲去趟青山植物园。一到温室,我就开始寻找爬山虎来证实我的发现。我在找花的时候差点儿撞上园丁,他像只小猫一样在挠花盆里的土。看见我他好像也很吃惊。

"您不是应该在工作吗,冈田先生?"他一边问我一边不停地修剪手里的灌木。

"我今天下班早。"然后立刻又补充了一句:"您怎么看爬山虎?"

园丁把手中的剪刀放在地上,惊讶地看了我一眼。

"像这样的植物,它们的力量,"他对我说,"在于它们坚强的意志,经得起一切考验。它们能够从地面攀爬到塔顶。它们的优势在于不论什么地方都能存活,适应各种气候。"

园丁的声音里流露出一种奇怪的意味,仿佛一个人要宣布一条坏消息,我一时觉得我明白了一切。

"那这些植物，"我越发紧张，继续问，"它们有特定的繁殖期吗？"

老人停了一会儿回答说：

"不一定，有些是每月一次，有些是每周一次，不然你以为它们怎么长得那么快？"

"那仙人掌呢？"我问

"仙人掌是另一个品种。有些一生只繁殖一次，并且大体上是在枯萎前不久。"讲这些的时候，他把剪刀放在口袋里，站了起来，"跟我来，"他说，"我给您看样东西。"

他给我看了几株我之前看过好多次的仙人掌，只是现在有一株顶上开了朵红花。

"这是一个特例，它能活到80岁，每20年开一次花。但这不是我想给你看的。"他解释说，"而是这里。"

在仙人掌花盆旁边，离地面几厘米的地方，我发现了一个长方形的灰色器皿，之前它不在那个地方。那天下午园丁把它放在我意想不到的地方。器皿里装着青山植物园的微缩复制模型，里面有咖啡厅、方形的喷泉、温室，也有一排排的树木——松树和樱桃树。

"这都是真的吗？"我惊奇地问。说这些的时候我发现我们都压低了声音，好像两个人在分享一个秘密。

园丁含糊地摇了摇头作为回答，我不知道是表示肯定还是否定。

盆景总是让我有点恐惧，莫名其妙地感到不安。已经很长时间没看见过盆景了，忽然一下子见到这么多甚至让我感到身体不舒服。老人好像注意到了，于是说道：

"我同意您的想法，它们是畸形的。"

听到这话从一个园丁嘴里说出来我感到很惊诧，但同时他所说的跟我的感觉非常接近。

"它们为什么在这儿呢?"我提高了一点儿嗓音,生气地问:"您为什么带我来看这些?"

"我培育了它们很多年,每一片叶子都修剪过。我看过它们干枯,落到花盆里,就像真正的树木的响声,但没有那么响。您仔细看看它们,冈田先生。"他坚持说。他说这些的时候我一直仔细审视着盆景小巧玲珑的外皮,宛如那儿藏着什么答案似的。"我认为您已经学会通过它们的外表明白我的意思了:它们不是植物,也不是树木。树木是地球上生存空间最广的生命,而盆景恰恰相反。所以无论盆景是来自于茂盛的大树或果树,它始终还是盆景,是背叛了自己本性的树。"

我冒着雨走回家。由于没带伞,到家的时候衣服还在滴水。在回家的路上,我一直在想着爬山虎和仙人掌。仙人掌很难忍受这样的下雨天,而爬山虎却很开心。我是很爱绿的,但被随意地侵犯却违背了我的本性。也想到了一株爬山虎不能繁殖是一种悲哀和背叛。

我进家洗了个热水澡。绿正在忙着她书稿请样的事,那天晚上必须发印厂。因此我很幸运,我们没有谈及生孩子的事。

周六我又去了青山植物园,但是老先生没在温室。我问门卫他怎么没来,他也没给出什么解释。看起来,植物园里的人已经习惯园丁有几天不在。我去咖啡馆等了一会儿,想看看他是否能突然出现,但是没多久我就发现那是徒劳。

回到家我碰到了绿,她刚从美容院回来。像每个周六一样,顶着一头垂下来的头发,就好像刚洗过澡一样。

"你为什么这样看着我?"她问我

"这是怎么回事?"我回答说,"你拿头发怎么啦?"

"跟每次一样啊。"她不耐烦地答道。

确实如此,发型跟原来的一样,还有指甲的颜色,没有任何新变化,但我还是发现她有些异样,就像是美容院还给我的不是绿,而是派了个替身来。

"不错,是一样。"我结束了这个话题,因为我很饿,不想冒险把时间浪费在荒唐的争论上耽误了晚饭。另外,我能跟她说什么呢?说她像自己的复制品?吃晚饭的时候我们谁也不说话,收音机里放着罗西尼的《贼鹊》。当时我发现:我对面坐着的人是一个完美的盆景,爬山虎的盆景。

我以为这事儿就这么过去了,但是晚上睡觉前我又在她忧心忡忡的脸上看到了那些矮小树木的微缩景观。当绿试图把她的枝杈伸向我的身体周围时,我只能拒绝了她。就这样那个星期的每个晚上都这样度过,而我心里的忧虑不安却日渐增长。

直到一天晚上我妻子不能再忍受,爆发了:

"你怎么了?都好几天了,你看我像看外星人一样!"

她说的有道理,可是,我怎么跟她解释呢?我自己都不知道是怎么想的。

我从床上起来,去卧室的阳台上抽了根烟。看着天上的残月,我感到深深的悲伤。我的妻子绿在哪呢,那个我决定与其共度一生的女人在哪里呢?她就在那里,这毫无疑问,可是,我为什么不能像以前那样看见她了呢?绿就在里面,但是她变成了一株爬山虎,就跟我变成仙人掌一样。但是,难道我们不一直都是这样的吗?我怎么能知道呢?我感觉自己在这个世界上是孤独的,自己被关在自己的想法中走不出去。远处的房间里传来绿哭泣的声音,就像她自己一样有扩展性的哭声，钻进了我意识的最后一个角落。我想我为我的态度自责。如果我早就跟她讲我去了温室，还有我和老先生的关系，事情就不会发展到那么可怕的地步。如果第一个周六的下午她陪我去了的话，我们就能共同经历那次奇遇。那么现在我们就会在同一个故事里，而不是被一个愚蠢的观点所分开，就像隔着一层隔音玻璃。我决定不再去温室了。

几个月后我和绿劳燕分飞了。

过了一年我才重新回到青山植物园。自从园丁爽约不在那天我就再没去植物园散步了。老先生怎么了呢？我不能不把他和我婚姻的破裂以及从那以后我内心最深处感觉到的悲伤联系起来，这种悲伤完全不同于单纯的胃不舒服。我觉得在某种程度上我该怪罪于他，并感到有告诉他的必要。于是我开始到处找他，但是没有找到。

我去向小房子里的门卫询问他的下落，门卫惊奇地看着我，仿佛我是个幽灵。

"村上先生在医院里，他病得很重。"门卫低眉顺眼地跟我讲。

这是我第一次听见园丁的名字。我想到了那可怜的老人，他躺在医院里快死了，没有钱，还挂念着他那些植物的命运；想到了我和绿从青山搬到源氏香，搬到我们的新房后度过的那十年；想到了我同爬山虎的生活以及时间的飞逝。尤其是还回想起了仙人掌的长寿：80年或者更长，在干巴巴的褐色的泥土里。

飓风

〔古巴〕埃纳·露西亚·波特拉
林杉杉 译

　　这是我的决定,是我独自做出的决定。我不想与任何人讨论,这属于我的权力,不是吗?这决定是我在20世纪90年代末做出的,当时我大概二十二三岁,这已记不太清楚了。可以确定的是在我做这个决定时我的头脑是完全清醒的,没有宿醉也不是因为毒品的作用。当然,这样一个表面看来毫无缘由的决定时常会被人怀疑是否是在头脑冷静的情况下做出的。正是因为人们的种种猜忌,我不想与任何人讨论。我已经对人们叫我疯子感到厌倦了。

　　2011年10月,正是米歇尔台风来袭的时候,实施决定的机会第一次摆在了眼前。那时我母亲已经去世(心脏病,心境不佳)。多亏了某个什么人权国际组织斡旋,父亲终于得以从监狱释放,便直接去了机场。现在他居住在洛杉矶,加利福尼亚州。至于我的大哥内内,有人朝他的颈部开了一枪,上帝知道是为什么!完全匪夷所思。因为如我所知,内内从没惹过任何麻烦,不管是政治、还是毒品的,他都不沾,也从没有与某个人的妻子有染。他只是平日里有些心不在焉,凡事不操心，这点像我们的母亲。内内是个好人，他很热爱读书，尤其是诗歌，最喜欢英国诗人奥登。我想就像有人说的那样，他的被杀害是因为在错误的时间出现在了错误的地点，或者是把他与别人弄混了，总之，这事儿我说不清楚。如今，在我们维达多区的家中只剩下了我和弟弟贝博了，虽然这个家已大不如前，失色不少，但还是很稳固。

那时是凌晨三点多，10月初刚过。贝博在他的房间熟睡，我蜷缩在客厅的沙发上看电视。在那个时间段很少播放什么节目了，除了在别国举行的奥林匹克赛事或世界垒球大赛，还有就是关于某个非常恐怖的飓风在邻近国家经过的消息。那就是米歇尔。米歇尔！就如披头士乐队歌中唱的那样，"米歇尔，我的美人……"一个多么富有魅力的名字，一个萨菲尔－辛普森飓风5级的怪物。这意味着风速每小时最高可达250公里，最高时速可超过300公里，甚至更高。最糟糕的是人们无法想象它的具体模样。

现在古巴大岛的首都、西部和中部地区，连同松树岛（又名青年岛）以及某些毗邻的岛屿都处于飓风预警状态。在不久的几小时内飓风将登陆古巴群岛，但没人能预测他将从何处登陆，不管是迈阿密天文观测站还是卡萨布兰卡天文观测站都不能预测它的精确轨迹。可是这个不速之客的到来却毋庸置疑，在电视屏幕上播放着卫星图像（十分神秘的景象，一直是这样，我永远也不会了解）和气象地图，一名气象学研究所所长一直在不停地讲话：飓风目前的位置，在北纬XX°，西经XX°；移动速度，比较慢……噢！糟糕，糟糕——他用衬衣的袖口擦拭着额头上的汗珠——降水量，XX毫米；气压，XX百帕；飓风的风速……啊！非常强烈，太强烈了……近几十年来从没有出现过如此强烈的飓风！但是请大家保持冷静，嗯？——他又一次擦额头上的汗水——亲爱的观众朋友们，一定要保持冷静，应该依照民防局的指示来对待这场灾……灾……灾难——可怜的老兄，从他的声音里能够清楚地感受到他有多么的恐惧，他真不想理睬讨厌的民防局连同他那些该死的方针，而是一溜烟地跑掉，当然这没有任何意义，什么问题也解决不了。

不久在荧屏上就出现了美国CNN报道的画面，是用西班牙语播报。米歇尔飓风以缓慢的速度向中美洲加勒比海岸移动，记者们举着话筒、摄像机紧紧追随在它后面，当然，保持着绝对安全的距离。电视台播放的画面让人惊恐万分：上涨的河水，倒塌的房屋，连根拔起的树木，动物和人的尸体漂浮在污浊的水面上。幸存者们站在那里看到的是世间的悲惨和痛苦，更糟糕的是这些幸存的人都是穷人，政府对他们不闻不问也不帮助他们进行恢复性工作。一些土著人，也许是因为他们不说西班牙语，一直保持沉默，皱着眉头，面目表情凝重。事实上并没有太多的采访记录，许多地区因为飓风带来的洪水灾害与外界隔绝了联系，没法从陆地进入，所以这些影像都是从一架直升飞机上拍摄的。旁白播报十分激动地说道：这里是在尼加拉瓜……这里是在洪都拉斯……这里是在危地马拉……画外音继续道：从伯利兹的高空拍摄到狂烈的飓风又一次朝加勒比海方向靠近，现在它朝着古巴……

这时，就是这个时候，"古巴"刚被说出，"啪！"断电了。

我想象着凌晨三点多电视机前观众们的感受，我敢肯定这片漆黑的荧幕前一定有上百万的观众。远处好像传来尖叫声。我不确定，即使连斯蒂芬·金也创造不出如此的恐怖场景。

至于我，我一点也不害怕。并不是我非常勇敢，绝对不是。从小我就害怕一切可怕的东西，能令我生畏的东西太多太多了。我一直都生活在惶恐不安之中，因为害怕，我啃咬自己的指甲，甚至说不出话来。但是当在90年代末期我做出这个决定后，所有这一切恐惧都如魔法般地消失得无影无踪了，就像驱邪一样，我甚至连噩梦都不做了。现在，由于停电，我只担心我的小弟弟贝博会被热醒。因为在这样一个闷热、潮湿、黏糊糊的夜晚他没有风扇。

贝博可不是一个让人省心的孩子，完全不是。她只小我三岁，可他的力量却足以毁坏我的一切计划，他肯定试图搞破坏，也总是真的这样做。我并不是说他粗暴，或是虐待我什么的，不是的。但他身上有着阿辽莎·卡拉马佐夫的一面，坦白地说这着实让人难以忍受。当他开始滔滔不绝地说起那些什么上帝爱我们每一个人，我们必须要找到灵魂的救赎，还有其他的什么，那就甭想让他停下来。每当我对他说：哎呀，贝博，求你了，让我静一静……他便会对我振振有词道：可是你在说什么，梅西？是你应该让你自己静下来！让上帝安抚你的心灵……诸如此类的话。最好他不要醒来。

客厅里黑乎乎的，我离开沙发，坐到朝向门廊的窗前石台上。四周一片静谧，连花园中的蟋蟀也不再歌唱，也许它们早已带着那悦耳的歌声逃离了这里。我听说过动物能够比人类更早的感知灾难的临近？没有卫星和雷达我们什么也预测不到。空中连一丝儿风也没有，夜空是明朗的，群星密布高悬明月，倾泻着如洗的银光。如果没有电视的播报，谁能想到，在这样一个肃寂的夜晚，一场最恐怖的飓风正朝我们逼近！我点燃了一支香烟，还不是时候，不必着急，我静静地待在那里，吸着烟，一连几个小时凝视着这个特别的夜晚，大脑一片空白，我什么也不想。贝博很幸运，没有醒来。

飓　风

　　临近黎明,我从石凳上下来抻抻腿。如果不出我的预料,飓风就要来了。我小心翼翼地走到家中最深处的房间,生怕途中磕绊到什么。贝博就睡在那,裹在床单里,屋里的窗子是开着的。贝博睡得死死的,仿佛丝毫感受不到天气的闷热和迫近的飓风以及我的企图。"睡得很安逸。"我默念道。

　　我和贝博都不工作。由于我们的经历,我们找不到除了务农或建筑房屋以外的工作。我们没有犯罪前科,也从没与任何形式的罪名沾过边。也许有过,这分怎么看。有些行为或者刑事上的过失在一些国家是合法的,可在另一些国家则不然,这取决于政府。不管怎么说多亏了父亲的朋友给我们从美国寄来些生活日费用,我们还能活着,尽管处境不尽人意。有时会设想离开祖国奔赴他国去和家人团聚,我们仅剩的家人。但是这必须要有移民离境许可,我们一直没有收到(到现在也没有)。贝博因为脊椎的问题不能去服兵役,这是因祸得福,如果贝博去服了兵役,他将成为被剥夺自主意识的俘虏,上帝知道在他身上会发生什么事情。至于我,以前是勉勉强强地活着,看看吧,现在依然如此。我体重不足100磅,没有饱满的身材,只是一个碧绿眼睛、留着长发的普通姑娘。我们这里的男人都钟情于体态丰腴的女人,不管在哪怎么有人会对我感兴趣?没有什么顺心的事。我不理解离境许可为什么耽搁这么久,如今也无所谓了。哦,是的,就是从那时起我对许多事情都心灰意冷了,因为生活中有太多的地方让人无法理解。

　　贝博也无法理解,但他却对这些难以释怀。有一段时间他非常焦虑,做什么事情都心不在焉,无精打采。除此以外他还总是觉得有人一直在监视我们,暗地里窃听我们的私人通话,徘徊在我们的房子周围（他们穿戴成乡下人的样子，当然，企图不被人发现他们是警察，好像他们能骗过谁似的！）。总之，他们想要试图摧毁我们。我问内内这些监视我们的人是谁，他总是回答说：他们，还能是谁？就是他们，那些畜生呗，一群狗娘养的，他们永远是这副德行！我常常问他是否确定看到的是这些人，会不会是他想象出来的，因为归根结底他这样做有点荒谬。他十分惊恐地看着我说：什么？荒谬？哎呀呀，玛丽亚·德拉斯·梅塞德斯·马尔多纳多！你总像生活在幻想中，仿佛置身于遥远的古巴比伦空中花园里！你比以前更像个疯子……因为这些离奇的事情，还有内内不可思议的死，我弟弟的神经几乎快要崩溃了。

　　于是有一天，他突然茅塞顿开，决心成为一名天主教徒，认为这是个再理智不过的选择。没有痛苦，虔诚地信奉宗教，就这样成为了一名新教徒。我认为他是一个福音传递者，虽然我不是很确定。有可能是路德教徒，或者是洗礼派教徒，又或者属于五旬节派教徒……事实上我不太清楚。这个教派的教徒们在举行仪式的时候一边跳跃一边喊叫，有时候甚至还在地上打滚，直翻白眼，口吐白沫。天啊，就跟癫痫病患者似的！他们还可怕地认为这一切都是精神洗礼。我尊重每个人的信仰，是的。但是那些又抽搐又嚎叫的信徒让我有些毛骨悚然。我没法跟他们在一起，每次他们来，我都把自己关在我的房间里。我这么做是为了不让这些信徒给我脖子上挂一个折磨自己的刑具。我的上帝，一个折磨自己的刑具！这群弱智的家伙，竟然称一个小小的毫无伤害力的金十字架为刑具？一旦他们开始歇斯底里地尖叫我便离开家去街角的小公园，坐在凤凰树下那块我情有独钟的石椅上。顺便说说，我在那读完了一本书，但是现在就记不得书的内容和作者了，只记得当时我很喜欢那本书，我也不知道为什么。《冰岛的钟玲》，我好像记得是这样叫。这难道不是一个动听的名字吗?让我们再说说这些福音传递者。虽说他们在掀起骚乱,但不管怎么说他们在一定程度上对我的弟弟有了帮助,这点我必须承认。这些怪诞的行径让他轻松愉悦起来,远离了焦虑,摆脱了整日酗酒带来的病态和彻夜的失眠,又变回了那个总跟我振振有词说上帝爱他的每一个子民的讨厌鬼了。现在至少他能够时常睡个安稳觉了。就像那天凌晨,米歇尔飓风到来的前夕,我悄悄进到他房间看到的那样,他睡得沉沉的。

我拿起了床头柜上的提灯和钥匙环。风力已经开始变大了,但是由于低气压,天气依然十分闷热,直到下起雨来,天气才变得清凉些许。我迟疑片刻,拿不定要不要关上窗子,最后还是决定让它敞着。我还不想贝博醒来,干吗让他醒来呢?当事情变得更糟的时候他早晚会醒来的。我心想着是否应该给他留一个纸条。通常,人们在做出向我这种决定时,总会事前留下一张纸条,上边写着"不要归罪任何人",或者相反,"这是某某人的过错",或者其他什么,我也不知道。这些字条总是让我感觉很伤感,就好像这是一件多么引人注目的举动。但凡能够客观点看待它,就会发现这没什么可值得关注的。我知道人们可能有很多不同的看法,因为不管什么事都会有不同的见解。如果说人与人之间最大的不同是什么,想必就是想法的差异了。不管怎么说,我不知道应该在字条上写点什么听起来不那么荒诞或虚假。内内总是说我有文学天赋,我不知道,也不这么想。我全部的作品(作品!嘿嘿)也不过只有五六个故事,其中仅有一个在墨西哥的一本杂志上发表过。就这样我没给贝博留下任何字条。如果我当时这样做了,会不会是另一种结局,谁知道呢。也许不会。

我只在心中亲吻了一下我的弟弟,拥抱了一下他,又亲吻了几次。

我虽然不是一个热情澎湃的人，但也绝不是一个冷冰冰的铁石心肠。我是多么想实实在在地抚摸他一下。但我不能冒这个险，于是，我只是在心中与他告别。除了让人难以忍受的教徒外，我想告诉他我是多么多么爱他，但愿他不要太思念我。我希望他能够快点拿到移民许可，那样他就能和我们的父亲团聚。

就这样，在暴风雨加剧，窗户刚打得啪啪作响之前，我离开了——我和弟弟永远不会再见到彼此。

我离开房间走向门厅。天微微亮，空中乌云迷漫，一片死气沉沉的灰色，这景象足以使每一个人消沉。潮湿的气味扑鼻而来，大雨点儿噼里啪啦地砸了下来，瓢泼大雨从天而降。看来，米歇尔飓风已经登陆古巴岛了。从哪儿登陆？谁也不知道。如果风眼横穿哈瓦那，那将是毁灭性的，这将是近50年来最可怕的灾难。一时我像是萌生了爱国主义，我恨米歇尔飓风。

我从门厅走向通往车库的外廊。长廊边房子的窗户都关着。好极了，我心想。我不愿意任何人看到我。

我推开车库的门。那里漆黑一片，到处散发着铁锈、汽油和潮湿的霉味。我举着点亮的提灯，爬上了我的福特小卡车，试图发动起来。这并不简单，在第三次尝试后终于打着了火。我没有检查油箱，因为昨天下午已经检查了一遍。那辆福特小卡车简直是个古董，足以进博物馆了。每次人们看到它都会想要买下来。即使不想买走它，也会跟它合影留念或者给它录像。这辆车四十多年来从没更换过任何部件却还能奇迹般地开动。虽然还没有入吉尼斯纪录，也离这个记录不远了。

车子开上了街道。我抬头看了一眼后视镜，车库的门依然开着，但是我不准备下车去关上它。车库里没什么值得被偷的东西，也许那里可以提供一个避难所。当飓风来临时总会有一些流浪汉、乞丐、醉酒的人或者离家出走的精神病人没有藏身之处。也会有一些流浪的猫狗。总之，我唯一想的就是能够尽快地离开这里。这时大雨已倾盆而下，暴风猛烈的摧残着路边的树冠，仿佛要把它们撕碎。我开车飞快地离开这里，好吧，还算快，一边祈祷着我的福特牌"恐龙"此时此刻不要跟我闹脾气。

我觉得我把小卡车毫无目标地开出了几公里，转了几个弯开到了阿尔门达雷斯河的钢铁桥上，随后选择了另一条道路返回来。我没有特定的地方要去，就这样毫无目的的游荡着。暴雨愈加猛烈，狂风肆虐，忽左忽右不停地变换着方向。在车子周围掀起漩涡，水龙卷。我以极慢的速度前行，但没有停下来。起先视线还没有那么模糊。我依稀记得被阴郁与孤独所笼罩的维达多区的街道上一个行人与车辆都没有。大街上的路灯没开，车灯也是关着的，我就如一个幽灵游离在一座鬼城。这么多年来，那是我第一次真正地感受到了快乐。

密集的雨珠织成了一道水帘，周边的景物在它的遮挡下渐渐模糊。可想而知，一个度过了半个世纪的汽车雨刷怎能敌得过如此这般的狂风暴雨。朦朦胧胧中我看见了人的身影。我平静地开着老古董车游走在23号小巷里，那个人，看不清男女，徒步走在蒙特罗·桑切斯的街道上，或是克雷切列的大街，我不清楚。他（她）正要朝一个垂直于23号大街的胡同走去。他（她）摇摇摆摆的前行，双膝着地摔倒了，艰难地爬了起来，才走了几步，又摔了个四脚着地；重新爬起来，一瘸一拐地继续挪动着。直到眼前的雨帘变成了雨墙，四周什么都看不到了。那个人会怎么样呢？我很难想象。

这雨墙遮挡了我全部的视线，我在一片模糊中继续前行，并且加快了速度。在我的身上应该会发生点什么,不是吗?我确信这一点。事实上,它确实发生了。

  突然,小卡车像是绊到了什么东西,不动弹了。当然,我没有安全带,差一点就猛烈地撞上风挡玻璃。但事实上,我的额头撞到了方向盘,或是其他什么地方,我也不清楚。这是怎么了?见鬼,发动机依然鸣响,小卡车却不动弹了。我试图倒车但毫无效果。唉,再没见过一辆比这更固执的小卡车了,就连一匹倔强的毛驴恐怕也不会这样一动不动!除了"见鬼",我还嘟嘟囔囔地说了好多其他粗俗的话,比那更难听。通常我可不是一个满嘴脏话的人。这些亵渎神明的粗话,平日里如果经常说那就没有效力了,最好留到真正能用得上的场合。

  此时,我的脸颊上感到了热乎乎的液体在流淌。我用手摸了一下,是血。我看了下后视镜,额头上的伤口可不那么美观,奇怪的是我丝毫没有感觉到疼痛。这已无足轻重。我又重新尝试启动卡车,还是没有成功,发动机仍然熄火了。我想如果那个时候我离开小卡车,也许会更走运一些,但是我没有那么做。我留在了车里,四周被大雨包围,暴雨噼噼啪啪恐怖地敲击着车子和挡风玻璃,就算车窗被敲碎也没什么可奇怪的。这种想法让我重新平静下来。

  事实是车子陷进了路面的大水洼里。这不足为奇,人所共知,维达多区的街道跟哈瓦那许许多多条街道一样,满是坑洼,有些坑洼非常大对于任何车子来说都是极其危险的。我就是陷进了这样一个,除非用起重机才能把车子拖出来。现在的问题不仅仅是车子陷进水坑或是轮胎穿刺的问题,而是雨下得愈加猛烈,洪水可能会淹没这里的一切。一个普通的热带风暴就足以造成洪水泛滥,更别说一场飓风了。就这样洪水不断地上涨,直至淹没了发动机,熄火了。

飓 风

  这事是我过了许久才知道的,当时我完全不清楚。我关在车子里,血的味道,闻起来跟铜的味道很相似,连同车里的闷热让我非常难受。这时,至少我还记得。我想是不是应该摇下车窗,让车里污浊的空气散去,让那野兽般咆哮的狂风和暴雨吹打进来,那种狂风的呼啸犹如千万个魔鬼在呼嚎。正在这时,我感到了又一次强烈的撞击。这次我真的感到了疼,并且疼得难以忍受。但这疼痛仅仅停留了片刻,甚至更短,取而代之的是一种无比的满足感和美妙。依然能听到风声和雨声,但是声音渐渐模糊了,好像从几千米之外的远处传来。我坠入了梦乡,渐渐的,黑暗包围了我。

  我真倒霉。醒来时已经躺在法哈多医院的急诊室里。他们给我输了血还有生理盐水,脸上戴上氧气罩,头上绑了绷带。不知道还有多少其他的名堂,甚至给我换上了一件灰色宽大的女士上衣!这太让人恼火了。我一时冲动试图挣脱捆绑我的那一切,包括身上的这件奇丑无比的衣服,但我连一根手指头都动弹不得。我感觉浑身无力,恶心,还伴随着一阵阵剧烈的偏头痛。

  护士小姐一见我醒来了,立刻跑出病房。不一会儿一位医生出现在我的病床前。那是位五十岁上下的大胖子,脸上倒是挂满生日般的喜悦。他对我说的第一句话是:啊哈哈!这双绿眼睛终于睁开了!说着就走过来用他的小手电照着我的眼睛做检查,随手拿去了我的氧气面罩,并且问我感觉如何。除了这些他还问了我的姓名、地址、电话、近亲等等。但我什么也没有回答他,我不想说话。他接受了我的沉默,好像这是再自然不过的事情。他询问我是否能够听到他说话,我用眼睛做了肯定的回答(装聋子可比装哑巴困难多了,至少对我是这样)。随后他重新给我戴上了氧气面罩,并且又说起什么,我记不清他说的全部。当时是一棵杨树倒在了卡车上，当然不是整个树干都砸到了我身上，如果是那样的话我早就被压成肉饼了。见过那棵杨树的人都知道，它们长得有两层楼那么高。它在砸到我身上之前先是压毁了一截围墙，一些灌木，还有一辆卡车，最后压到小卡车的仅仅是一个树杈。我昏迷了整整三天，除了额头的伤口需要缝合外没有明显的创伤。他们给我拍了X光片，又做了些检查，其他再没什么了。一切看似都很正常。但是还不能掉以轻心，心理的创伤更为严重。我还需要留院观察几天。至于开口说话——胖医生微笑着说——这不着急，不久她就会说话的，现在最好还是静养休息。

胖医生离开后，我向四周扫了一眼：除了我，急救室里还有其他的病床和患者，病人的亲友，护士及护士的男友，病房清洁工，煮咖啡的人，卖棒棒糖的人。杂乱疯狂的场面活生生就像是马克思兄弟乘船时的轮船客舱。人们都在交谈，争论，发表自己的看法，不断地互相打断。在对面墙的上方悬挂着一台电视，电视是开着的，音量开到了最大。这就是他们所说的"完全静养休息"？哎！

我开始关注电视播报。米歇尔飓风来临的风险依然备受关注。离开古巴之后它继续向西北方向的墨西哥湾驶去，现在它正驶离路易斯安那州或佛罗里达州，我记不太清了。至于古巴，风眼从中部地带穿过，而在首都经过的仅仅是飓风的外缘，也就是说，最弱的部分。我在这场灾难的旅途中看到了凶猛的狂风暴雨，但这些与古巴大岛中心地区经过的场景相比都显得微不足道，那里后来被联合国教科文组织官方宣布为"灾难地区"。在那里聚集了大批的国内外新闻媒体。那些来自于高空拍摄的画面，现在出现在荧屏上。还有什么比这更可怕的呢？地地道道毁灭性的灾难，跟在中美洲的加勒比海岸发生的一样。

飓 风

　　随后电视台又播报了一条消息,是关于中心地带一个叫季卡拉小镇的受灾情况。这个小镇小得甚至都没有在地图上出现。我能记住这个名字也是因为我觉得当地人称自己为季卡拉人很有趣。真真切切,米歇尔飓风狂怒无情地把这里夷为平地,甚至没有留下一座茅屋或一颗棕榈树,景象犹如荒野。那些季卡拉人神态和中美洲灾民的表情酷似。这里没有土著人,只有黑人和黑白混血人。此外,一眼就看得出他们遭受着贫穷、饥饿,无依无靠。而现在,更糟糕的是,他们又经历了一场飓风。然而,当记者问起他们的感受时,他们竟然回答好极了。噢,是的,实在是美妙极了。任何人听到这话都会认为他们是在讽刺。因为,归根结底这问题提的有点愚笨无知。但事实却并非如此。这些季卡拉人讲的是真话。他们感觉好极了!是的,他们忍受了一场飓风!而他们还将忍受祖国和革命带给他们带来的一切!并且,他们还将与美帝国主义斗争到底,直到流尽最后一滴血。伟大的革命领袖永存!他们声嘶力竭地喊着,狂乱地挥舞着双手,好像是要让每一个人都毫无疑问地相信并了解他们感受到的美好。上帝保佑,我想。然后他们会说我疯了……急诊室里传出了一些人的哈哈大笑声。看看这些情形,天哪,真是让人难以忍受!哎呀,这些愚蠢的农民,真扯淡!哈哈哈!我认为没人去责怪这些脸上挂着笑容的乡下人。因为人们无人不知,城里的人总是看不起乡巴佬,时常嘲笑他们。

　　如果那胖医生认为我会跟他说点什么关于我的事情,那他就大错特错了。我什么也不会对他说,甚至是我的名字。干吗要告诉他呢?这跟他毫无干系。一些天里我都一句话也不说,沉默得如同一颗静静躺在大洋深处的牡蛎。他试图套我的话,由于没有得逞而变得越来越性急。他对我说匿名的患者是不被允许待在这里的,还说他不是我的保姆，没有道理忍受我的怪癖，甚至威胁我说要送我去看心理医生。但是他最终一无所得。刚好找到合适的时机我就逃出了医院。直到那时我才得知了另外的消息。

就像所了解的那样，米歇尔飓风的边缘在哈瓦那造成了无数的破坏。房倒屋塌，海水涌入，地上遍布电网线，连同电话线，树木，所有一切通常不能飞的东西都被飓风卷起在空中漫天飞舞。还有几十个人在飓风中遇难。但这个数字对一个三百多万人的城市来说并不算多，因此也就称不上什么人员伤亡。只是那些不幸的遇难者之一正是我的弟弟贝博。人们在距离我家几个街区的地方找到了他躺在街上的尸体。他受了重伤，身上多处粉碎性骨折，其中一处在头颅底部。到底发生了什么，我不知道。我想我永远也不会知道了。鉴于这种情况，我想调查这件事将会困难重重，也许完全不可能。我心中暗想，无论如何他都不会起死回生，何必还去想这件事呢，何必呢！

如今我独自待在我们维达多区的家里。我不知道为什么下意识地说成"我们"，大概是由于习惯吧。至今我都没有收到移民许可。父亲的朋友还是每月寄给我点钱，我用它勉强度日。可以想象，那辆福特小卡车，在经历了洼地和杨树后，已经去享受更好的生活了。我的额头上留下了一个丑陋的疤，但这对我无所谓。我用刘海把它遮盖起来，为的是不引起街上人的注意。我忍受不了陌生的行人盯着我看，因为我向来喜欢不被人注意。我不会去做整形手术，即使我有这样的条件。我也绝不会去养狗，不回去整理花园或尝试着去写一本小说……这一切对我都毫无意义，因为我始终坚持我的决定，就是这样坚持，绝不改初衷！

每年6月的第一天到11月的最后一天，是飓风季，我会专心地

飓风

看电视新闻。因为这样我就会了解世界上发生的种种灾难和我的国家里的一片大好形势。但是我最感兴趣的还是气象新闻报道。哦,没错。我从不错过任何一条这样的消息。就像希腊神话中珀涅罗珀苦苦等待她的丈夫奥德修斯归来那样,我深深期待着一场飓风的到来。

林中景象

〔哥伦比亚〕胡里奥·帕雷德斯

魏媛媛 译

……这里如梦一般的景象真是太完美了,有一天你一定会非常愿意回忆起此刻你即将拥有的美梦……

西拉诺·德贝热拉克,《月球之行》

中午之前,我们又在海滩遇见。这个男人从旅馆那边走来。他戴着一顶草帽,宽大的帽檐遮住了脸,身穿一件白色瓜亚贝拉刺绣衬衫[①],衣服敞着怀,几乎敞到胸口,跟我上次见到的样子如出一辙。也许是由于他块头大或是天气太热的缘故,他在沙滩上走起路来显得吃力。他右手拿着一支烟朝我这边走过来,那副样子让我联想到了一个随时都会崩裂的巨大人偶。一个当地的伙计殷勤地跟在他身后,肩上扛着遮阳伞和一把沙滩椅。眼前的景象让我感到厌恶,我不禁回想起了之

---

① 瓜亚贝拉衬衫是一些中美洲国家和南美洲哥伦比亚的加勒比地区,委内瑞拉以及厄瓜多尔沿岸地区很流行的男性传统服饰,通常为白色。

前的某个晚上和他在餐厅的那次简短交谈。不过,当他走到我面前的时候,我还是笑脸相迎,就像我对他的意外来访感到很高兴似的。

"我能和您一起待会儿吗?"他问道。

他不等我回答就用手飞快地比划着让那个伙计把椅子放在我右边的阴影旁。等那个伙计把遮阳伞在我们面前固定好之后,他就立即差他去拿两瓶凉啤酒来。

希梅娜已经在海里游了半个多小时了,而我也一直试图把这本买来想在旅行时看的小说读完。他瞅了一眼书,坐了下来,问道:

"我打断您了吗?"

"没有"。我回答道。

我的眼睛一直在寻找希梅娜。她已经向左边游远了,手臂依旧保持着轻柔而稳健的划水节奏,她的头在海里一闪一闪的,仿佛是一片漂浮的镜子。这片海域里只有她一个人在游泳。

"您的妻子?"

他指着远处问我。我再次微笑着点头。尽管我没兴趣和他认真长谈,但我还是决定表现得很友好。他大声喘了几口气,深吸了一口烟,然后轻轻地吐出一口浓雾。我用余光看到他在椅子上来回动弹,像狗在蹲下之前一圈圈地打转一样。我把正在读的那页折起来,合上了书,当我把手伸进口袋想要付钱的时候,这个家伙轻轻地拍了一下我的胳膊,用命令的口吻说道:

"您别管"。

这时希梅娜正在观察我们。我本想向她招手,可我刚抬起头,他就问道:

"你们去过山里了吗?"

他对瓶嘬了两口酒,总结了一下我们刚才谈论的部分话题。

"没有。还没去过。"

"这样的天气非常适合远足。"

他停了一会儿,仰头望向宁静的天空。我看到他的脖子缩进了双下巴颏儿里,这让我想到他从年轻时就已经开始细心照料他那膀阔腰圆的身体了,或许这种风尚应该受到质疑,就像在那些选美冠军身上看到的那种所谓的审美观一样,都应该受到质疑。

"路程很远吗?"我问道。

"往返最多三个小时。"他解释道。

他每次说话的时候,都要稍稍翻转一下手以便能更好地观察手中的香烟烧到了什么地方。

在遥远的海天交汇处,空中聚集着一团团灰蒙蒙的雾气。我猜是从那片原始森林里蒸发出来的过于潮湿的水汽,但对此我没有发表任何评论。

"您喜欢这个地方吗?他问道。

"是的,非常喜欢。"我用异常激动的语气说道。

"这里没有所谓的淡季,没有安静的时候。"他评论道。

希梅娜仰面在海里漂浮着。这时一阵风吹来了一股浓烈的油炸海鲜的香味。

"您对我说过您以前来过这里?"

"没有。这是第一次。"

"您二位打算什么时候离开?"

"后天。"

他好像思考了片刻我的回答。他在椅子上坐着很不安分,把空瓶子搁在沙滩上,略微向前欠着身子,嘴角叼着烟,眼睛盯着我放在腿上那本书的封面。然后他抬头看了我一眼,吸了一小口烟让它复燃起来。

"您别以为我反复提上山的事儿是因为我是那种痴迷大自然的人。"他开始说道,眼睛望向大海。"起初我不相信这些新教派,不相信这些好争斗的、浅薄的、一直企图取代基督教的新生代。他们时刻准备拉拢任何一个有些迷失的灵魂。"

他讲话很慢,语气中夹杂着受到了伤害的意味。很明显他是故意停顿,留出适当的时间让我思考他说的话。类似的情形在前几个晚上也发生过,我还怀疑尽管在他身上闻不到酒味,但是他来之前就已经喝了不止一瓶啤酒。我暗自庆幸他没有从第一天就接近我们。他延长了停顿的时间,我不知道他是否在等待我做出某种回应。然而,无论是我对世界毁灭的推测,还是对生态保护热情下所隐含的浅薄的利己主义的看法,都只是我个人的见解。我喝光了瓶里最后一口酒,等待这个家伙再点支烟。希梅娜越游越远。毫无疑问,她是在等这个男人消失。

"但最重要的是,"他继续说道,"您会在那些树与树之间发现一种光线,在别处绝不会有,就像那晚我跟你保证的那样。我指的不仅仅是在这里。"他换了副口气肯定地说道。"那里的树格外绿,有一些还像是经一只不同寻常的手修剪过似的。但您知道这当中最奇特的是什么吗?就是当你再次回到这片广阔天地时,会感到非常失望。因为这里尽管有大海,但是风景还是遭到破坏了。"

这有些令人困惑,我觉得在这个人身上残留有一个堕落者的痕迹,在遍尝所有刺激与冒险之后,最终在某个风景还算秀丽的地方落下了脚。我觉得在我的记忆中他是个画画的。或许他在这儿生活是因为喜欢上了这里美妙的景色或者类似的事情。我排除声音和外表的因素估摸了一下他的年龄,能肯定他绝不会小于五十岁。他又递给我一瓶啤酒,我稍稍迟疑了一下,还是接了过来,就在犹豫不决的功夫我又开始寻找希梅娜。我们安静地等着刚点的啤酒。为了表现出些许兴趣,我问他是否有很多人来这里。

"在旺季的时候这片海滩全是人。很可怕。人们疯了似的地晒太阳,一切都变得糟透了。"他气愤地说道。

"这不奇怪。"

"真是没办法。"他肯定地说道。

然后他转过头问我是否看了几周前那则关于一名英国女医生给许多不受管束的游客下毒的新闻。那些游客像瘟疫一样涌到了某个太平洋岛屿上的自然保护区。

"嗯,我从新闻上听说了一些,但不知道详情。"我谎称到。

"这个女人,援引了一个保护法,称这是大自然在报复,她只是听从了召唤。她绝对没有做错。"

他讲最后一句话的时候发出了一阵短促的笑声,随后他摘掉帽子,这人几乎就是个秃子。他拿手帕使劲儿擦了擦额头和脖子后面的汗。这时我感觉臀部坐麻了。由于那两瓶啤酒上了头以及阳光洒满了胸前,使我感到有些兴奋。

"您住在波哥大,对吗?"他问道。

"是的。"

他摇了摇头,好像刚听到了一件令人不愉快的事情似的。他摆弄着嘴里那支熄灭的烟。他想知道我是做什么的。我犹豫要不要告诉他我不到两个星期前被迫辞职的事。不过这件令人讨厌的事也没必要让人知道。幸好这时候希梅娜朝这边走来,她一边上岸,一边用双手拧着头发。她在海边停下来,踮着左脚尖儿跳了几下,使劲拍了拍头的左侧,想把耳朵里的水空出来。我发现那个人正饶有兴趣地打量着她,帽檐儿下他的眼睛正紧盯着希梅娜腿的动作。

"您的妻子很漂亮。"他评论道,没有看我。等希梅娜离椅子几步远的时候,他起身上前去跟她打招呼。

"贝尔纳多·多梅尼格。"他自我介绍道,像跳舞时一样,一只手背在身后,把烟藏起来。

希梅娜有点不知所措地把手伸过去,然后立刻坐在了浴巾上,连身体都没有擦干。多梅尼格又叫人点了三瓶啤酒,这时希梅娜诧异地看着我。我只能耸耸肩默默微笑。希梅娜不知道那晚我和他聊天的事。

"我刚才正跟您丈夫说,"多梅尼格开始讲话,"您二位应该好好利用最后一天去海滩周围的山里转转。"

"好啊。"希梅娜微笑着回应道,同时一面看着我,一面漫不经心地往腿上再涂一层晒黑油。

"你们一定不会后悔。这岸上远不止那些无法进入的沼泽地。"他停顿了一下,往前欠着身子,吸了一口烟,对希梅娜总结道:"我告诉您这林中的景色真的美得令人难以置信,请您相信我。而且它还是原生态的。幸好,这里不是游客游玩的去处。"

他讲最后几句话时那夸张而又低沉的语气似乎在否定他之前谈到的他不痴迷于大自然的言论。我猜他是想在希梅娜面前为他干涉我们的事开脱。

"另外,"他一边继续说话,一边把啤酒递给我们,"您二位都是年轻人，年轻就应该去尝试任何事情。"

　　这话让人听起来很受用，无疑他是在讨好希梅娜。他再次费力地翘起二郎腿，然后点了一支烟。希梅娜勉强挤出一丝笑容，用手轻轻地拍了一下我的膝盖，说道：

　　"不错。但是我得先说服塞尔希奥。我不认为这位先生很想动弹。他整个星期都只是和他的书为伴。"

　　"没人强迫他。"多梅尼格表示赞同地说。我猜他会优雅地吐出下一口烟。

　　"我觉得他不会感兴趣。"希梅娜补充道。

　　我试图附和希梅娜，很明显她想把我们俩从多梅尼格的坚持中解救出来，但最终我什么也没说。我望着这片空旷的海滩，看着海浪一层一层缓缓地涌向岸边。我凝视着希梅娜，想抚摸她日渐黝黑而又光滑的肌肤，那黑亮的皮肤仿佛是一块儿罕见的丝绸。我本想像最初打算的那样待在这个静僻的地方，远离所有人，不去考虑这里的条件是否适合一名普通游客。重要的是，继续在沙滩上幻想着返回波哥大还是件很遥远的事儿，是徒劳无益的。一想到回去瞬间就产生了一种不快的感觉。

　　"您住在这里？"我问道。

　　"是的。我在旅馆后面有间小房子。"

　　"您过得一定很愉快。"过了一会儿希梅娜说道。

　　多梅尼格出人意料地大笑起来，我不解地看了看希梅娜。等他平复下来，用手帕擦了擦嘴，说道：

　　"我不知道。但我来这里生活之前并不快乐……我那时无可救药。"

　　正当他准备进一步解释的时候，给我们送啤酒的小伙子打断了他，在他耳边窃窃私语了些什么。多梅尼格立刻转身朝旅馆的方向看去，看向一个站在棕榈树下的年轻姑娘。我望见她脖子上系了一条淡蓝色围巾，浅棕色的头发盘了起来，戴着一副太阳镜，穿着一条一片式印度丝绸连衣裙。她站在那里一动不动地朝我们这边眺望。我觉得我在旅馆走廊里不止一次见过她。多梅尼格似乎突然紧张起来，我想他是忘了去赴约。就在他起身倒退几步的功夫，我开始想象着他的身体——那微微并拢的膝盖，庞然的身躯——活像从某个夭折的艺术家的慵懒之作里走出的形象。在我看来他的身体是个榫卯相接而成的产物。他走出几步后提议道：

"为什么今晚不到我家坐会儿，去喝点什么呢？"

我等着希梅娜朝我看过来，我在头脑中不断地想拒绝，但遗憾的是我没找到一个不可反驳的借口。

"好的。谢谢。"希梅娜说道。

"那好。我七点钟等你们。旅馆接待处会有人告诉你们怎么去。"他说道，同时用手碰了一下帽子来示意和我们道别。

他走到那个女人身边，她挽起了他的胳膊，问了他些什么。不一会儿她举手跟我们打招呼。我觉得我看到了她的笑容，我腼腆地回应了她。我看到他们朝码头方向走去了。

"很奇怪，是不是？"希梅娜趴在浴巾上评论道。

"我不知道。"我回答道，然后我拿起了书。

我看了不过五行就看不下去了。我略带醉意地开始想象起来，或许去参观那个森林会有次不错的邂逅。一种海市蜃楼般的幻觉让我不假思索地这样去想，不但如此，我还愿意拿波哥大的一切来交换。我猜类似的情形在多梅尼格身上肯定也发生过。

我倒掉了剩下的啤酒，等着炎热的沙滩把酒吸干。我望着地上的水迹，突然想起有次我父亲给我讲的关于我叔公的故事。他是个冷酷无情的酋长，统领着某个气候炎热干燥的村子，由于他为人独断专行，脾气暴躁，以致于对任何合理的事情都疑心重重。据说，他随身佩带武器，自命好色。他喝啤酒或者白酒的时候，桌上总是有一群臭味相投的人陪伴，而且他喜欢随便叫上他儿子们中的一个在他身旁伺候，用粗暴的口吻命他们去街上买些什么东西。依照他的习惯，买什么东西并不重要，可能是一包香烟或是一份他根本不会去看的报纸。但是每当他让他们去买东西的时候，就往地上吐口吐沫，也不言语，就等着他的儿子在吐沫干掉前回来。能够按时赶回来的人得不到任何奖励，但是如果被挑中的人回来时地上的吐沫已经干了，那么我叔公对他的惩罚就将是从一记耳光到一顿皮鞭，这些都取决于他的意愿，而他就是想通过这个游戏来巩固他的专制权限。我一直因为担心身体里流淌着他的残余血液而感到不安。

我晃了晃头想驱散这种不合时宜的回忆，我踢倒了酒瓶，闭上了眼睛，用力呼吸着咸咸的空气，某种海洋生物腐烂而散发的余味正在面前翻腾着，就在几米开外。我想躺在希梅娜身边，拥她入怀，但是炎热的天气让我进入了梦乡。

* * *

早上见过面的那个女人名叫卡塔丽娜。多梅尼格把她介绍给了我，当卡塔丽娜张开她那涂了口红的小嘴向我问候时，我回应时显得十分腼腆。她的嘴部线条格外柔美，从一开始我就认为那是专门设计用来讲沁人心扉之语的，而绝不是用来讲污言秽语或者不堪入耳之词的。她大约十七岁，在我坐在她左边的两三个小时里，我无法断定她是他的女儿还是某个失去父母的少女，这些女孩儿常把自己尚未抚平的悲伤寄托在她们的情人身上。她的肩胛骨微凸，肩膀娇嫩而黝黑的皮肤透过棉布衬衫若隐若现。在某个瞬间我联想到坐在他对面的多梅尼格正享受着强烈的快感就无缘无故地妒忌他。我感到诧异的是这样一个膘肥体壮的躯体竟然能唤起一个秀色可餐的身体的欲望。对此我越来越怀疑，因为卡塔丽娜曼妙的身姿从她的肌肤就可见一斑。我无法看到多梅尼格在她耳边悄声说着某个动情的词语，用颤抖的双唇亲吻她露向我这侧的耳垂下边的疤痕。她的耳部线条如同一根纤细的弯钩，和这个疤痕放到一块儿让我联想到了问号的形状。

我有些尴尬地发现坐在我右边的希梅娜正十分关切地打量着我的举动。我发觉她用手轻轻碰了我两次，我这么快就喝光了头几杯伏特加让她感到惊讶——我向来不喝这种烈酒——而且每次卡塔丽娜动弹的时候，评论点什么或者看我的时候，我都笨拙地微笑回应，这也令她觉得奇怪。毋庸置疑，她（略带责备地）把我表现出的不同以往的紧张和对卡塔丽娜的喜爱这两件事联系到一起了。

多梅尼格轻而易举就主导了这番谈话。他很高兴，他的声音中透着强有力的语气似乎在邀请我们来分享他的快乐。他一再地表示他很高兴我们到他家里作客，也再次恭喜我们在这段时间来旅行的英明决定。接着他对于希梅娜提出的一问题详细地讲了一会儿，然后又把话扯开讲述了他弃居城市而决定定居在这家旅馆的原因。

"现在，这一切就是我的家。"他补充道，抬起头，看向一扇传来海浪声的窗子。

这时，一直几乎没说过话的卡塔丽娜，上半身略微向我这边探了过来，没理会希梅娜和多梅尼格，唯独问我一个人：

"你喜欢这个地方吗?"

她的语气连同我感到意外的反应让我觉得她提了一个冒失的问题,就如同她握住了我的手一样。她翘起的腿轻轻摇晃的样子让我惶恐不安,从阳台进来的光刚好把她的小腿照亮,这小腿正不紧不慢地晃荡着,似乎在催促我回答。开口之前我喝了一小口酒,我知道多梅尼格正在观察我。他停下来不再讲话,我想他是累了,想对着桌子的另一头休息一会儿。我对他抢在我前面说话的做法并不意外,他高声提议道:

"为什么明天我们不全都上山呢?"

"太好了。"卡塔丽娜跳了起来,用手摸了一下我的胳膊。

我看了希梅娜一眼。

"你们有什么安排吗?"卡塔丽娜问道,再次单独问我一个人。

"没有。"希梅娜说道。

"非常好。明天我们去山上。"多梅尼格对大家宣布道,并邀我们举杯庆祝。

随即,在新一轮的谈笑风生中,他让我们品尝海鲜小吃,并骄傲地向我们展示了一些他的画作。尽管我对绘画一知半解,但在我看来这些画儿还是既难看又难懂。由于实在没什么可说的,所以我和希梅娜一起用有趣来评价这些作品。看着这些画的时候,我心慌意乱地检讨自己在那几秒钟的时间里绝对被卡塔丽娜迅速地引诱了。尽管我这样胡思乱想肯定跟喝了伏特加有关,但是我仍然断定卡塔丽娜一直都在寻觅着我的眼睛。

幸好,简短的画展过后,晚餐端了上来,饭后多梅尼格又提议去海边走走。夜晚,月色笼罩着海滩,凉风轻轻地吹着。希梅娜挽着我的胳膊,我们静静地走了一会儿。我不知道我们面向漆黑的大海坐了多久,海浪就仿佛是胶片一样闪着黑亮的光。食物和空气帮我抑制住了醉意。有一会儿,多梅尼格议论了一些有关星星的事并发表了关于星星闪耀的似是而非的见解。等他说完了,我们就陷入了一片沉静当中,我担心卡塔琳娜会再次撇开他们两个单独问我是否知道猎户座、金牛座或者英仙座的位置或者形状。

突然希梅娜一跃站了起来,问是否有人想去游泳,然后,我感到诧异又觉得有趣地看到她开始脱衣服。我惊异地发现我整晚都没想过希梅娜有可能会喝醉。卡塔丽娜立即接受了她的提议,她们两个赤身裸体地跑向大海,几乎同时跳入海浪里。

"您不游泳?"坐在我右边的多梅尼格问道。

我感觉从他的语气中听到了一种挑衅的语气。我没有回答,站了起来,我朝黑漆漆的海里走的时候听到了他在笑。我把衣服装进一个小背包里,一头扎到海里。冰凉的海水让我清醒过来了,游了几下之后,我闭上眼睛,耳朵浸在水中,仰面浮在海里。很快我就听不到卡塔丽娜和希梅娜的笑声了,我想她们也像我一样漂在海浪里快要睡着了。突然,我猜想大概是几分钟之后,我被一个对我背部和臀部持续而又舒缓的抚摸给弄醒了。我惊慌地用双脚够着地面,水没到了我的肩膀,我用胳膊拍打着四周,好像在抵御一只巨大的水母一样。我肯定我喊出声了,但是我发现希梅娜仍然镇定自若地浮在距离我左边几米远的地方。我在寻找卡塔丽娜,心神不宁地想象着她正潜在水里,在漆黑的大海里游着,笑着这个恶作剧。

当我上岸时,多梅尼格正躺在海滩上打鼾。

多梅尼格体内的巨大力量让我很震惊，这股能量帮助他爬上了前几个山坡。他在爬坡时，就好像他往肺里注射了某种不为人知的、含有特殊成分的润滑剂，能在他每次呼吸时更新他的血液，向他的腿部输送一种与他庞然身躯不相符的动力。我让他和希梅娜走在前面。我想按照自己的速度前进，因为我发觉在戒烟两个月之后，我没有足够的力气来让吸入的所有空气都进入体内更新循环。我们汇合的时候，卡塔丽娜还没到，不过多梅尼格已经说过，如果在到达山顶前，卡塔丽娜赶上我们，这并不奇怪。

  很快他们就显现出了优势，在走过一段漫长的直路后，他们深入到一片茂密的树林里，几分钟后我也进入了这片树林，这时差不多是上午十一点钟。不久我就看不见希梅娜和多梅尼格了。随着我往树林里深入，那些高高的树冠开始交缠着闭合起来。我想形成这样的隧道应该能够完全抵御太阳连续几个小时的不间断照射。不过，景色刹那间就发生了翻天覆地的变化，我踏上了一条崎岖的石子小路，道路两旁矗立着一些巨大的岩石，我瞬间联想到了某条已经消失的河流的河床。尽管路途愈发艰巨，我前进的步伐越发缓慢，我却反而开始自娱自乐起来。也许我快要能够理解多梅尼格的那些描述了，他坚信这里的景色是天下奇观。我看到了一些小石块儿支撑起了巨大的岩石，呈现出完美对称的形状，但这却不符合任何一条均衡法则，我推测这是在一个非同寻常的偶然机会形成的。有好几次我被小石子堆积成的墙挡住了去路，过了一会儿才终于找到了画有路标的出口。这里万籁俱寂，而我却不担心迷路。

  在选了一条格外难走的坡路之后，我遇到了一条小河，河水凉爽清澈。我发现了希梅娜和多梅尼格的脚印，很凌乱，一个叠加在另一个之上,似乎他们在河边练习过某个舞蹈的舞步。我过了河,决定休息片刻。我已经进入了一个山洞,黄褐色的光线照进来反而增强了树叶的绿色。我往河里一颗一颗地扔着小石子,这时,我很想点支烟,在这如梦境般静谧的、被植物环绕的氛围里吸烟,这里的时间肯定都静止了。我感到奇怪自己会这样如醉如痴,也很诧异我竟不由自主地去尽情欣赏,而通常我很少会为此感动。我断定我已然听从了多梅尼格的话。我竭力细心地观察了光线、生长茂密的植物和水波纹。这种欣慰是过去从未有过的。我嘲笑自己坐在这里,在太阳照射下形成的各种各样落落寡合的影子里,生出了想要有所发现的念头。

突然我听见左边传来一阵微弱的弄水声,我抬起头,看见卡塔丽娜正赤着脚沿着河边走来。她穿了一件米色无袖衬衫和一条橄榄绿短裤,一手提着一只凉鞋,肩上背着背包。她一面看着我一面向我走来,步伐稳健,挺胸抬头,像一名单杠上的体操运动员。我想起了头天晚上那次怪异的抚摸,但随即我就不愿再往下想象了。

"其他人呢?"她问道,在离我几步远的地方停了下来。

"他们在前面。"我回答道。

我慢慢起身,好像怕吓着她似的。卡塔丽娜环顾四周,换了副语气问道:

"你迷路了?"

"没有。"我笑着说,"是因为我不在状态。"

她什么也没说,开始用右脚尖划水玩儿。半空中的光线变了。有时顶部的树枝会剧烈摇晃。我看到上面有影子快速闪过,我猜那应该是猴子。我开始想念希梅娜,我想象不出她和多梅尼格此刻聊天的内容。卡塔丽娜正看着我,我感到脸红了,双腿沉重,一种骤然产生的疲惫全部涌到了膝盖。

"那么你还是决定来了。"她说道,小嘴几乎都没有张开。

"是的。"

"这里很漂亮。"她说道,换了一只脚继续玩儿。我觉得她的脚背相对于脚踝的形状来讲不够纤细。她活动几下,就好像要准备摆成一个打太极的姿势一样。这样过了差不多一分钟。我面无表情地观察着她,发现自己不知道该把手放在哪里。

"这里最大的优点就是没有人。"我说道。

卡塔丽娜微挑着眉毛看我。我觉得她在想我这句话的双层含义。我想微笑,问她是否是在度假。

"差不多。"她做了个鬼脸,玩乐似的晃了晃头。

尽管我事先就觉得不该问这个问题,但是我也想不出另外一个。

"你在上学吗?"

"不。"她不假思索地说道。

"你是做什么的?"

"什么也不做。"

"什么也不做?"

我想自然地流露出惊讶的表情,以此来充实这番谈话并以某种方式让它延续下去。我不知道为什么想要留住她,但是我甚至想,亲她一下也许是件愉快的事。

"你是做什么的?"沉默片刻后她问道,同时她在河里走来走去。

由于我不想提及近来工作的烦心事,我谎称自己的职业是摄影师。

"艺术摄影师。"我补充道,而我并不太清楚这个词的含义。

她再次露出惊讶的神情。一想到她会对这事感兴趣我就很欢喜。

"给模特拍照？"她问道，没有提高嗓音。

"差不多。"

意识到可能我不会回答，卡塔丽娜笑了笑，朝着河水逐渐消失处的一条弯道方向望去。她从背包里拿出一瓶水，喝完递给我。我上前喝了一口，没有擦拭瓶口。我重新坐下，心想着这地方是最适合亲热的隐僻地儿，完全不会被人发现。我想轻轻捋顺她颈后露出的那几绺翘起的头发，可是我担心这样做会立即陷入荒唐的局面。我向来不擅长调情，而且我想象中的那种妙不可言的默契会以一场可笑的冲突而告终。

由于我不明白为何卡塔丽娜没有兴趣跟随多梅尼格和希梅娜，因此我一跃起身，用眼睛寻找着可能的出路，我问道：

"我们走吗？"

但在个那时候，在出发前，卡塔丽娜请我帮忙扶她一下，她要把凉鞋重新穿上。我异常迅速地答应了她。

她分别用两只手抓住我的左前臂，我表现得很大方，好像我只是个桌沿儿一样。光线之下，在几秒钟的时间里，我忘记了这个世界，我观察着她的侧脸和明眸，我发现在她前额上挂着细小的汗珠儿，因此我猜想她的颈部也一定是湿滑温热的。显而易见以她俯身的姿态，她早就知道自己是个引人注意的尤物。我发觉，就好像从高台看戏一样，卡塔丽娜抓我胳膊时的肆无忌惮和我的面无表情几乎形成了令人感动的对照。

"你认为我能当模特吗？"她问道，这时她稍微和我分开一点儿距离，而且好像马上就要开始拍摄一组照片似的，把头发挽了起来，张开了双臂。

"当然。"我肯定地说。我看着她，声音没有多少底气地补充说"你很美丽。"

卡塔丽娜喜笑颜开，没有一丝自嘲的意思。我想象着这张在一片深绿映衬下的她脸部的照片。我贪婪地看着她，我也明白我临时兴起假装摄影师这事缺乏理智，而与此同时我感觉这片树林果真成了我遐想的一部分，这是一个精雕细琢的空间，一个主宰我灵魂的角落。我恍惚想起了多梅尼格说的话，此刻他的预言正无意间在他的背后上演，这让我觉得讽刺。我听到他肯定地说这里的奇观全是假象。我果断地抬手抚摸了她的脖子和耳朵的某个部分。卡塔丽娜一动不动，不但没有抗拒还任由我温柔地揉捏她的手指，抚弄她的头发。在青少年期间就形成的感情观的驱使下，我凭直觉感到此时我将和她开始一段完美的爱情故事。在这种一定会发生的结合里，我一直在她身边，这种结合会随着时间的流逝得以巩固。

我不知道我们拥抱了多久，躺在潮湿的地面上，我的嘴唇寻找着、亲吻着她略带咸味的脖颈。我用湿润的手掌伸进她的衬衫里抚摸她背部的时候，我忽然明白了我所设想的和卡塔丽娜的未来只不过是原原本本地复制了几年前的一个午后，在波哥大，我和希梅娜初次相遇的故事。我已然让她陶醉在一种无声的欢愉中。在那一刻，我一动不动地凝视着，我沉醉在一种无声无息地颤抖中，我的眼睛离她的脸颊很近却什么也看不清楚。我记得那时天色将晚，在一个小房间里，没有抵抗也没有冲突，没有想要留下良好印象的念头或者想要诠释某种角色的想法。我怀着一种陌生的惊异感达到了一种既忐忑又欢愉的瞬间，那时我既不能控制自己也无法离开她。在我看来，这或许永远是个天真的想法，但是这个午后将会化作一个有魔力的数字在我的记忆里重现。

好像从朦胧的睡梦中走出来了,这个梦让我感到麻痹,我放下胳膊退了出来,请求卡塔丽娜跟我一起去找希梅娜和多梅尼格。

她站起来,弄掉了缠绕在头发上的树叶,系好衬衫扣子后用指尖抚摸我的一侧脸颊。她在抚摸我的时候表现得很淡定,没有不悦的神情,露出的微笑显得很大度,好像暗暗地认可了我这突如其来的请求。我不想问她为什么那样顺从地迎合了我的举动,怀着一个恋爱中的女子恰到好处的体贴,和我分享着一个甜蜜而古老的习惯。

我们静静地向前走着。在一段上坡路的尽头,时不时能听到草丛中有响声。我猜可能是小蜥蜴。卡塔丽娜从不扭头瞧瞧。显然,在景色异常美丽的树林里(拥抱,爱抚,愉快的亲吻,断断续续的喘息)发生的场景,只不过是一场梦魇。我身上的衬衫已经被汗水透湿了,我终于明白,在几分钟的时间里,如同多梅尼格事先断言的那样,我成了另外一个人。一个表里不一的陌生人。

我们离开了树林,能看到海滩的时候,我淡定地希望希梅娜,沉醉在多梅尼格热烈的拥抱里,也已经意识到了,在同样的光线下我们两年前所走过的足迹,在那个小房间里,在那个几乎逝去的梦中。

多切拉

〔玻利维亚〕埃德蒙多·帕斯·索尔丹
献给皮耶罗·赫兹
张达　译

　　每天下午伊那科的女儿都被叫作"*Io*"，阿尔是流经瑞士的一条河流，《月亮和六个便士》的作者是萨默赛特·毛姆，金的元素符号是 Au，波莱多舞曲的作者叫作拉威尔，在方框中填入单词。枯燥既是无味，林肯遇刺，凶手姓名的字首字母是 JWB，俄国大主教在乡间的宅邸叫作俄式别墅，普什卡什是著名的匈牙利足球运动员，维罗妮卡·莱克是出了名的蛇蝎美人，卡拉马的英雄叫作阿瓦罗，《公民凯恩》中的关键词是玫瑰花蕾。为了编写纵横字谜，本哈明·拉雷多每天下午都要翻阅字典、百科全书和昔日的工作成果，他的字谜将于翌日刊登在白石市的《先驱报》上。他保持着这样的习惯，一晃就是 24 年：午饭过后，拉雷多便穿上紧身黑色三件套、白丝衬衫、红色领结、亮漆皮鞋，那鞋像雨夜过后街上的水洼一样闪闪发亮。他喷上香水，剃净胡须，打上发蜡，之后便将自己锁在书房之中。摆上一瓶红酒，备上一盒削得尖尖的施德楼牌铅笔，把音箱调成立体声，播上一段门德尔松的小提琴协奏曲，面对着墙上著名的政治家、艺术家和建筑家的黑白照片，拉雷多将单词穿插在由纵横线组成的方格当中。沿着方格的走向，话语曲曲折折地显现了出来，那是奥斯卡·王尔德的话，也是引用最多的一句："除了诱惑，我能抗拒一切。"还有一句博尔赫斯的话是时下很流行的："我所犯下的最严重的罪过，是我说过我曾是个不幸的人。"这些名句接二连三地在我们眼前被创造出来，不断地给我们带来惊喜！这是不断创新的奇迹！虽然形式永远不变，内容却不断创新！

拉雷多坐在了那张让他的后背长期感到疼痛的椅子上，手中的铅笔杆已经被咬裂开了，看着桌上长方形的铜版纸，心中很是焦急，就好像他会在这纸上找到能指引自己命运的加密信息一样，而这信息就藏于纸上大量的空白之中。有些时候，这些单词拒绝连成一条线，有些时候一个山志学的词汇没法和毫无畏惧这个词连在一起。拉雷多将杯中的红酒一饮而尽，目光盯着墙壁，那些能够帮助他的人都在上面，他们的照片都印在了深棕色的纸上，看来注视着这群人的花销还不小呢；相框都是银边镶就，上下左右一个挨着一个，再多加一个几乎都不可能了：那个鼻子被打破的德国人是威尔赫姆·昆特（出纵横字谜的人都是易激动的），这个在逃的纳粹分子凭借着他一口熟练的西班牙语，在不到两年的时间里就缔造了纵横字谜在白石市曾经的辉煌——据说此人骨瘦如柴，因为他早餐只用几页词源学词典代替，午餐用同义词和反义词代替，晚餐就吃些古语词汇和新词汇；那个长得与弗莱德·阿斯泰勒惊人般相似的叫费德里克·卡拉斯科的人，疯狂地沉迷于对乔伊斯的崇拜之中，并试图把自己的字谜做成简短版的《芬尼根守灵夜》；还有就是他的酒鬼老妈路易莎·拉雷多。他用本哈明·拉雷多作为笔名，就是为了让她的字谜中大量被人忽视的动植物和被人遗忘的艺术家能够在白石市重新出现并重拾声誉。拉雷多的母亲独自将他抚养成人（当年他16岁的父亲得知女友怀孕的消息，便坐上火车，逃之夭夭，从此杳无音讯）；当母亲发现自己5岁的孩子已经知道"agarradera"和"asa"都是把手的意思，"tasca"和"bar"都有酒馆的意思时，便禁止他解字谜游戏，那是因为害怕孩子会走上她的老路。"穷人劳碌一辈子，*你将来一定会成为一名工程师的*，"然而，她却没能抵御得了严重的由酒精中毒引起的*震颤性谵妄症*。患上这种病，说话都费劲，这病一直和她如影随形，因此拉雷多10岁那年，母亲将他一个人留在了这个世上。

每天拉雷多都看着字谜，那状态就像等待破茧而出的蚕一样。一会儿，他便望向墙上的照片，"今天该向谁求助呢？需要使用昆特精炼的语言吗？*加工过的石头，用它来造拱顶*，六个字母；或是用卡拉斯科那些充满神秘感的资料？*约翰·福特的电影《逃亡者》*，八个字母；还是借助于他母亲的勤奋来让那些不太重要的东西变得显赫起来？*伊莎贝尔女王的家庭女教师，亚里士多德作品的评论者*，七个字母。他总是醉醺醺的将黑乎乎的手伸向那些正确无误的字典和百科全书（他最喜欢的工具书有玛利亚·莫利内尔字典，字典内书页上的边缘部分已经被涂写得不像样子了，还有就是不列颠百科全书，虽说这书已经有年头了，但却可以给他提供落叶树和中世纪上半叶纸牌游戏的信息）。过一会儿，这语言的炼金术就开始发挥作用了，纸上那些原本毫无关联的词——古巴50年代的独裁者，中美洲双子叶植物，莫哈克印第安人信奉的神灵——突然产生了灵性，就像一个词是为了与另一个词相联才出现的一样。

其后，拉雷多从家出发，穿过七条街，步行来到《先驱报》报社的那幢外观粗俗的大楼。他将纵横字谜装在信封中，用漆封好，交给编辑部的女秘书。那是一个40来岁的女性，穿着花衬衫，戴着墨镜，两片镜片又黑又大，看着像两只沉睡的狼蛛一般。只要有机会她总会说他的作品有如保存在回忆宝盒中的珠宝，说他的作品有如她做鸡汤面后用手指蘸汤咂滋味的感觉，而对于他，听到她离题的赞美并不感到逆耳。拉雷多看着地面低声说着抱歉。18年前，他的第一个，也是唯一的一个女友因为一个可恶的获奖诗人——或者他更喜欢把那人叫该死的诗人——把他抛弃了。从那时起，每当有女人接近他的时候，拉雷多便低头看着地面，这种本能的胆怯变得愈加明显。他将自己幽禁在孤独的生活当中，潜心研读建筑学（在第三个年头上放弃了学业），在纵横字谜的智力迷宫中探索。近十年，有时他本可以利用自己的名望为自己获得些利益，但他没有那样做，因为首先，他是一个十分有道德的人。

离开报社之前，拉雷多会去一趟编辑办公室。编辑会把支票交给他，并热情地用手掌拍他的后背。他唯一的要求就是：每份字谜都要在交移时马上支付稿酬，周六、周日的字谜于周一结算。拉雷多对着光检查着支票，看到上面写的钱数总让他感到高兴，尽管他早就知道上面应该写着多少钱。如果他母亲知道自己的儿子能靠他的艺术糊口，一定会为他感到骄傲。"妈妈，你该更信任我的"。拉雷多迈着疲惫的步伐往家走去，边走边琢磨第二天字谜中可能出的词语释义：一种已经灭绝了的鸟类，巴比伦前几任国王之一，《胡利亚姨妈与作家》中佩德罗·卡马乔攻击的国家，一个自然元素的放射性同位素，秘鲁北部沿海地区的纳斯卡现代文明，威尔第咏叹调，穆斯林农历中的第九个月份，由淋巴管发炎引起的肿瘤，一种很钝的器具，毫无缘由的反叛。

那天黄昏，本哈明·拉雷多比往日更快乐地走在回家的路上，在他看来所有的一切都熠熠生辉，连坐在人行道上弯腰的乞丐也是一样，人类身体最靠下的腰骨六个字母。角落里突然出现一个男孩，撞到了拉雷多，那男孩颈部正面甲状腺软骨凸起四个字母，形状十分奇怪。这也没让拉雷多感到一丝不快，或许是因为在那个特别的周末，为了庆祝近四天以来高质量的字谜，他喝了些意大利红酒的缘故。周三的字谜，主题是黑色电影——是墙面左上角弗里茨·朗的照片和他右侧《双重生活》的作者的照片给了拉雷多灵感——这也让他收获了好多祝贺信。亲爱的拉雷多先生：我写下这几行字，旨在表明我对您的钦佩，我正在考虑放弃我工业工程的学业以追随您的脚步。偶像：但愿你继续编写主题字谜。来一个以20世纪南美士兵发明的不同形式的刑罚为主题的字谜怎么样？拉雷多边走边用指尖触摸着装在他右侧口袋中的信件，他可以流畅地说出信中的内容，就像他懂得盲文一样。他已经拥有与昆特一样的水准了吗？他已经继承卡拉斯科的不朽了吗？他超越了自己的母亲是为了以这样的方式为她再显名誉吗？还差一点，就差一点了。应该为他这样的艺术家设立一项诺贝尔奖：把出纵横字谜和写诗作比较，在复杂程度和重要性上，前者并不逊色。这些词句以一种十四行诗般的细腻和精确，从上到下，从左到右，逐渐交织在一起，直到形成一个和谐又优雅的整体。没什么可抱怨的：他在白石市的名气足以让市政府考虑以他的名字来命名一条街道。没有人再读那些可恶的诗人的作品了，其实所有诗人都可恶，他们的作品无人问津了。事实上，白石市的所有人，上到立功受勋的长者，下到娇柔妩媚的"洛丽塔"——让亨·亨伯特魂牵梦绕的人,那是纳博科夫笔下的人物,苏·莱恩在电影中扮演了这一角色——每天都要抽出至少一小时试图解开他出的字谜。在一门不被重视的艺术领域里,获得人民大众的认可要比在仅靠几个自负的审美家所重视的领域中拿到诸多奖项重要得多,因为那些人没有能力识别时代的风姿。

距离拉雷多家一街之遥的拐角处,一位女子身着黑色大衣,正在等待出租车的到来(缝制皮衣所用的材料,五个字母)。这时街灯亮了起来,那淡淡的橙色光芒渐渐取代了夕阳中消逝的余晖。拉雷多从那女子身旁走过,她头一侧,看了拉雷多一眼。她年轻,不知芳龄几何:可能有十六七岁,也可能三十四五。一绺头发被染成了白色,垂在前额,遮住了右眼。拉雷多继续向前走着,他停住了。那张面庞⋯⋯

一辆出租车驶了过来,他转过身,对那女子说道:

"抱歉,我不想打扰您,但是⋯⋯"

"但是您马上就要打扰到我了。"

"我只想知道您的名字,您让我想起了某个人。"

"多切拉。"

"多切拉?"

"不好意思,再见。"

出租车已经停下来。她上了车,没给拉雷多继续那段谈话的时间。他停在那里,直到目送那辆破旧的福特猎鹰消失在视线中,他才继续上路。那张面庞⋯⋯那张面庞让他想到了谁呢?

天已拂晓,可拉雷多还是无法入睡,伴着卧室小灯的柔光辗转反侧。他在漫长的记忆中搜寻着那个与之符合的形象:鹰钩鼻,黑脸庞,高颧骨,脸上挂着夹杂着怀疑和恐惧的表情。那是他儿时在某家医院的等候室里见过的面容吗?当时外祖父牵着他的手,等待着有人来告诉他,妈妈已经从过度酗酒导致的昏迷中醒来;是在电影院门口见到的那张脸庞吗?那些身穿闪闪发亮超短裙的姑娘们,被伴侣紧握着手,凯旋般地进入了电影院。他脑海中浮现出了简·曼斯菲尔德那高耸的双乳,先前他曾把她的照片从报纸上裁了下来,夹在了数学作业本里,那是他第一次尝试做纵横字谜,就在他母亲下葬后的第二天。他脑海中浮现出了那些金发女郎,头发乌黑、闻起来有苹果香味的女孩和深肤色美女,这肤色或许是太阳暴晒的结果,抑或是马拉巴尔化妆师化妆的结果;他还想起了那些长相平常,或安于普通,或不满于普通的女秘书、王室女子或是从大街上走来的陌生女子,而那些陌生女子的皮肤就像好几天没沾过水一样。

光线悄悄地从房间百叶窗的缝隙中透了进来,这时他脑海中浮现出了一个头上染着一绺白发的成年女性的形象。她是"睡公主府邸"的女主人,那是临近的一家杂志店,拉雷多小时候经常在那里购买《七天和生活》杂志,并从中剪下著名人士的图片来编写字谜。一看出拉雷多在笨拙地掩饰着什么,**戴着满手银戒指的女主人便走上前**。那个街角有潮湿报纸的气味,在皱皱巴巴的褐色皮外套里能看到一本《七天和生活》杂志。

"你叫什么名字?"

她会抓住他的,她会向警察告发他的。那是一件丑闻,拉雷多躺在床上,回忆着这些年间已被忘却的、令人眩晕的几个瞬间。他当时本该逃跑的。

"我在这里看到你好几次了。你喜欢看书吗?"

"我喜欢做纵横字谜。"

那是他第一次如此坚定地说这句话，他没有必要为任何事感到害怕。女店主的脸上露出了理解的笑容，而她的脸颊像是被揉皱了的纸一样。

"我知道你是谁了。你和你母亲一样，本哈明，上帝保佑她的灵魂。我希望你别和她一样，净喜欢做一些蠢事。"

女店主在他的脸蛋上温柔地捏了一下，本哈明感到汗水顺着他的太阳穴往下流，他将杂志紧紧地贴在胸口。

"现在趁我丈夫还没回来，你赶紧滚蛋吧。"

拉雷多跑开了，心怦怦地跳着。他不断重复着他只喜欢字谜，他不喜欢别的，*什么都不喜欢*。因为心中交织着既羞耻又骄傲的情绪，拉雷多再也没回到"睡公主府邸"。为了不从那个街角走过，为了不再碰上那个女店主，他不惜绕道而行。她如今怎样了？也许她已是杂志店柜台后坐着的老妪，又或许她已躺在城市的公墓中讨好里面的虫子了。透进来的阳光在他身体上画上了一条条平行线，拉雷多反复念道："*没有比那再让我喜欢的了，没有了。*"他应该翻过这页，忘记那个女人，将她囚禁在记忆中。现在他俩已经没有任何关联，她和多切拉唯一的共同点就是那一绺染成白色的头发，"多切拉，"他喃喃说道，双眼扫视着房间墙上空白的地方。"多—切—拉"。

那是一个奇怪的名字，在哪里才能再次和她邂逅呢？如果说多切拉在离他家那么近的地方打车，也许她住在那个拐角附近：一想到那女子有可能与他住得如此之近，拉雷多就不寒而栗，他咬了咬已经不能再咬的指甲。然而，最有可能的是，她是在拜访了一位朋友之后准备回家，或者拜访的人是她的亲戚，是她的情人？

第二天，他将如下释义加在了字谜当中：*夜晚等出租车的女子，*

让寂寞的男人们神魂颠倒、无可救药。七个字母，竖排第二行。他已经违反了公平游戏的原则，这不是对他诸多追随者负责的行为。如果那些在报纸上泛滥，在政客和官员的声明中出现的谎言，也在字谜游戏这个神圣的堡垒中蔓延的话，那么普通民众还哪有希望将自己从普遍的腐败行为中拯救出来呢？他在字谜里提供的词都该是靠得住的，用一本好的百科全书就可以轻松检验其真伪。然而，拉雷多把道德问题搁置一旁，唯一让他感兴趣的事，就是给昨日邂逅的女子传达一条信息，让她知晓自己在思念着她。这个城市不大，她该认出他的。拉雷多想到，第二天那女子在她工作的地方解着字谜，看到了这条爱的信息，她会会心一笑，细细品味着邂逅的时刻，在纸上缓缓写出"多切拉"，之后便给报社打电话，告知他已经收到了信息。这样一来，二人就可以在接下来几天的某个午后，共饮咖啡了。

  这通电话没有如期而至。电话倒是有人打来，只不过是那些试图解谜却遭碰壁的人。他们或向拉雷多求助，或向他抱怨太难。当第二天公布答案的时候，人们难以置信的互视着。多切拉？谁听过多切拉？没人能鼓起勇气来向他询问或就这件事与他争论：他这么说自然是有原因的，他可不是平白无故从造物主处落得这个别号的，造物者就是知道常人不知道的事。

  拉雷多继续尝试用这样的话：她在夜晚出现，让人慌乱，好似幻象一般，把一颗原本孤独的心变成了一个充斥着希望和不安、狂野又矛盾的集合。以及：夜间，所有的出租车都是灰色的，它们载着染着一绺白发的女人，那就是让我血液得以循环的主要器官。还有：黄昏的尽头，距离孤独一街之遥的地方，有一个世界被唤醒了。这些字谜一如既往的保持着应有的质量，但是现在在每一个字谜里都嵌入了一种释义。就像一条不会愈合的伤痕一样，那种释义传达着像护身符一样，七个字母的名字。他本该停下来的，但是他做不到。有人批评他，他也不感兴趣（小说《批评家》的作者，七个字母）。拉雷多的追随者们逐渐习惯了，并开始看到了积极的一面，至少他们可以用一个保险的正确答案开始解字谜了；况且，天才不都很奇怪吗？唯一不同的是，拉雷多用了20年的时间才找到自己离经叛道的一面，这个白石市的贝多芬当然允许自己做出离经叛道的行为。

57次的字谜均无回应，那个女子从人间蒸发了吗？或者说是拉雷多投错了路径？他该每天都去那个街角转转，直到找到她吗？他在三个晚上做了这样的尝试，还在头上打了闪闪发亮的罗德启兹来牌的发蜡，让他看起来就像某个天使在死人身上转了世一样。他感觉自己把那女子指控为强盗是可笑的，也是粗俗的。他也去了城里的出租车公司，试图找到那夜当班的司机，只不过运气不佳（出租公司不保存值班名单，他会和报社的领导谈谈，有人应该就此事写一份社论）。或是在《先驱报》上刊登一则消息，写上多切拉的情况，付酬金给那些能够提供她住所的人，因为染着一绺白色头发的女子不多，或者说，名字这么奇怪的女子毕竟不多。但他没有这样做，没有比他的字谜更高级的广告了：现在全城的人，甚至连不解字谜的人都知道拉雷多喜欢上了一个叫多切拉的女子。作为一名低调的患者，拉雷多做的已经够多的了（当人们问到她是谁的时候，他就看着下方嘟囔道，他在一家旧书书店里找到了一本无法估价的绝版了的伊提塔斯百科全书）。

要是那个女子留下了一个假的名字呢？这也许是最残忍的事情。

一天早上，拉雷多突发奇想去他儿时居住的区域看一看，那个地方在城市的西北部，有很多柳树，柳絮到处乱飞。这个地区交错的建筑风格使它的时代感显得特别混杂。内部有庭院的大房子和现代住宅共存，皇冠杂货亭坐落在为*两性提供修甲服务*的理发店旁边，亭子里面摆有装着旧时药店小瓶的玻璃柜子，那些小瓶用来装糖果和"*有香味的口香糖（七个字母）*"。拉雷多来到了旧时杂志店的所在的那个拐角，原来挂在易开的金属门上，写有优雅哥特字母的招牌已经被一幅粗糙的啤酒广告代替了，广告下面有几个小字"睡公主府邸餐馆"。拉雷多把头从门里伸了进去，一个身穿蓝色睡衣的赤脚男子在那里清洁着有阿拉伯图案的马赛克地面，地面上四溢着柠檬味洗衣粉的味道。

"早上好。"

那个男人停下了手中的活计。

"对不起……这里之前有家杂志店。"

"我什么都不知道。我就是个干活的。"

"女主人当时有一绺头发还染成了白色。"

男人挠了挠头。

"如果你说的和我想的是一个人，那个女的早就死了。她是饭店最初的老板，开业那天被送啤酒的卡车给压死了。"

"抱歉。"

"没什么，我就是一干活的。"

"家里面有人继承她的饭店吗？"

"她侄子。她是个寡妇，没儿没女。没多长时间他侄子就把饭店给卖了，卖给了几个阿根廷人。"

"和什么都不知道比起来，您知道的够多了。"

"什么？"

"没什么。早安。"

"等一下……您是不是……？"

拉雷多迈着匆忙的步子离开了。

那天下午，在编写他新阶段的第 58 次字谜的时候，他有了一个新主意。在他的书房里，他穿着像是瞎裁缝做的黑色三件套（衣服两侧不一边长，袖子上还有斜的刀口），系着红领结，穿着沾了红酒渍的白衬衫——梅洛特，赖斯·哈梅耶斯牌红酒。地上和办公桌上共堆积着 37 本参考书；门德尔松的小提琴协奏曲轻抚着他的腰身和旧书籍的外壳。天真冷，甚至连昆特、卡拉斯科和他母亲都好像冻得在墙上直发抖一样。拉雷多嘴里叼着施德楼牌铅笔，他想，他对爱的表达是老调重弹，也是不充分的。或许多切拉想要的是其他的东西，他之前所做的事情任何一个人都做得到。为了与众不同，他应该超越自我，以多切拉这三个字为基石，创造一个世界。恒河的支流，四个字母：Mars；《凡绿皆尽》的作者，八个字母：Manterza；美国首都，五个字母：Deleu；罗密欧与……，六个字母：Senera；走向，三个字母：lei；拉雷多将以上五条释义安在了他正在编写的字谜之中，这样的改变要一点一点地、小心谨慎地进行。

学校里的青少年，办公室内的雇员和广场上的老者都惊讶地看着身边的人："这难道是印刷错误吗？"第二天他们就发现事情并非那样，一些人手中拿着一份不可能解开的字谜，心中十分恼火，他们认为拉雷多坏了规矩；而另一些人却为这些改变鼓掌叫好："这让事情变得更有趣了"，"*有难度的东西才是令人兴奋的*（两个单词，十个字母）"。过了这么些年，拉雷多重获新生的时刻到了：所有人早已熟知了他的拿手曲目，早已了解了他在语言这门杂技上的老把戏。除了拉雷多的字谜，《先驱报》还为那些不满的读者安排了一个正常的字谜，但后者仅在十一天后就被撤下了。

时光流逝,却听不到多切拉的消息,这也让白石市的贝多芬,那个唯名论者的愤怒与日俱增。就在该市的一间杂乱的书房中,拉雷多一连几夜坐在他的胡桃木椅上,他折磨着自己的脊背,构建着一个世界。他将这世界置于现实世界之上,在那里汇集着有史以来所有的文明和光景。"这种卓越之美接二连三地在我们眼前创造出来,不知疲倦地给我们带来惊喜!","这是从创新到创新的奇迹!","在这个形式总是新颖,内容不断创新的活动中,他总能让人感到惊奇!"从他母亲的手中,他看到了乐队演奏出的曲调在造物者所处的天空中跳动——在那里编写纵横字谜的人占据着最高层,并享有观赏天堂花园得天独厚的视角,而诗人们只待在最底层——与此同时,昆特和卡拉斯科正从上到下地打量着他。他看到自己挣脱了妈妈的手,变成了空中的一颗音符,朝着那个刺眼的光源飞去。

拉雷多的工作逐渐在细节和精确度上取得了成就,与此同时,他储备的铜版纸和施德楼铅笔也比平日里用得更快了。比如,委内瑞拉的首都曾以 Senzal 命名,其后,那个 Senzal 所在的国度又被命名为 Zardo,因此 Zardo 的首都现在就叫做 Senzal 了。上世纪独立战争中的英雄们被重新命名了,五个大陆上的山志学和水文地理学中的词汇也是如此,连总统、国际象棋手、演员、歌手、昆虫、画作、知识分子、哲学家、哺乳动物、星球和星座的名字也不例外。山顶被叫做了 *ruda*,深渊被称为 *redo*,白石市成了 *Delora*,《威尼斯商人》的作者改叫 *Eprinip Eldat*,著名的纵横字谜创作者现叫 *Bichse*,那类与身体相称的马甲改称 *frantzen*,佩在胸前象征虔诚的布制物品现名 *vardelt*。这是一项无止境的工作,拉雷多享受着这种挑战,他手中纤柔的翎笔撑托着天地万物。

两百零三天后的黄昏,拉雷多在递交了字谜后,走在回家的路上。那个"乡村骑士"走调的吹着口哨,给了 *doluth* 脱臼的乞丐几个比索,又向系着破旧北京风格腰带的老妇示以微笑。(北京的?应该叫 *zendala*!)路灯中射出的钠光,像巨大的萤火虫(*erewhons*!)一样闪耀着,一股薄荷的芬芳从花园中溜了出来。在那里,一位头上光亮、面带忧伤的男子正浇灌着园中的花草。拉雷多想,"几年之内,再没人记得那些叶子花和天竺葵的真实名字了。"

在离家五街之遥的拐角处,一位女子身着大衣在等待着出租车的到来。拉雷多从她身边经过,她头一侧,看了拉雷多一眼。她年轻,不知芳龄几何,一绺头发染成了白色,垂在前额,遮住了左眼。鹰钩鼻,黑脸庞,还有那高颧骨,以及脸上挂着的、夹杂着怀疑和恐惧的表情。

拉雷多停住了。那张面庞……

一辆出租车驶了过来。他转过身,对那女子说道:

"您是多切拉?"

"您是本哈明·拉雷多?"

那辆福特猎鹰停了下来。女子打开后车门,用她那戴满了银戒指的手做了一个手势,邀请拉雷多上车。

拉雷多闭上双眼,他看到了自己在"睡公主府邸"偷《生活》杂志的场景,看到了裁下简·曼斯菲尔德照片的画面,看到了为在字谜中写出"除了诱惑,我能抗拒一切"的话语,而在纸上写着横行、纵行释义的曾经;他看到了一个身着黑色大衣的女子,在那个远去的黄昏等待出租车的情景,看到了自己坐在胡桃木椅上决定着恒河支流为一个四字单词的时刻,看到了自己如梦如幻的生命历程:那是一条直线,它纯洁无瑕,不可思议,隐约又透明。

"*多切拉?* 那个名字也该改改了,叫"*Mukhtir*!""

他改了主意,继续朝前走。一开始还是迈着疲惫的步伐,随后便跳了起来,那是为了抑制自己回头的冲动,就这样,一直跑完了离自己书房两个街区之遥的路程。在那里,照片挤满了墙壁,一个世界在等待着他。

打狗记

〔阿根廷〕萨曼塔·施维伯林
邹洋　译

　　鼹鼠问我姓名，我告诉了他。我在指定的地方等他，然后他开着标致车找我，也就是我现在开的这辆车。我们刚刚才认识，他也没看我一眼，据说，他从不看别人的眼睛。他又问我年龄，我说42岁，当他说我老的时候，我肯定他比我岁数更大。他带了一个小的黑色眼镜，想必是因此，他们都叫他鼹鼠。他让我开到最近的广场，然后他全身放松舒服地坐在座位上。虽然测试很简单，但是要通过测试是非常重要的，我也因此而感到紧张。如果我搞砸了，就不能加入他们的组织，如果不能加入进去，就不会有钱，这就是我加入组织的理由。在布宜诺斯艾利斯的港口，用棍棒打死一只狗，是一种测试，来知道一个人是否有能力做一些比它更坏的事情。他的眼睛一边看着旁边的什么东西，一边说着更坏的事就是杀人，好比像我们这些还没有加入组织的人不懂什么是更坏的事情一样。

　　当林荫大道分成两条大街时，我选了人少的那一条。交通信号灯一个接一个地由红变绿，这使得我可以很快开进了楼群之间的暗绿色空地。我心想,但愿那个广场上没有狗。这时,鼹鼠让我停车。"您没带棍子?"他问,我说没带。"什么都不带怎么打狗。"他说。我看着他,但是没说话,我知道他要说点什么,因为现在我对他有所了解,他是一个容易被了解的人。但是他很享受这片刻的安静,觉得他说的每句话都是针对我也是种享受。接着他咽了下口水,像是在想:他是不会杀任何人的。最后他说,今天在后备箱里放了一把铁铲,你可以用它杀狗。我清楚地看到在那眼镜下面闪烁着愉悦的光芒。

许多条狗睡在中央喷泉周围。我手里紧握着铁铲走近,随时都可以给它们一击。有一些狗开始打哈欠,支起上身,看看周围,再看看我,哼叫着,随着我越来越接近,它们则挪到一边去了。杀一条特定的狗,一条事先选好的狗很容易,但是必须选一条应该死掉的狗却需要时间和经验。是选一条更老的,或者一条更小的,抑或是选一条看起来很好斗的,我得做出选择。鼹鼠肯定现在正在车上笑着看我,他大概认为没有人能够像他们那样宰杀。

那些狗把我围起来,这闻闻那嗅嗅,有些狗不想被人打扰,就忘了我的存在,回去继续睡觉了。对于鼹鼠来说,透过汽车的深色玻璃,和他深色眼镜片,看着我手里紧握铁铲,被狗包围着,现在狗又睡去了,想必我是既渺小又可笑的人。一只白色带斑点的狗,朝另一只黑狗叫着,当黑狗咬了白狗一口,第三只狗走过来,汪汪地叫着露出牙齿,而后白狗又去咬了黑狗,而黑狗用其锋利的牙齿咬住斑点狗的喉咙,摇晃着它。我举起铁铲,打在了斑点狗的肋骨上,它汪汪地叫着倒下不动了。这就很容易把它运走了,但是当我拿起它恢复知觉的腿时,它咬了我一口,咬得我直流血。我再次举起铁铲,朝它的头打下去,那狗又倒下了,躺在地上看着我,急促地喘着气,但却动弹不得。

起初我是慢慢地，而后变得更加自信地抓起狗腿，把它装到车上。这时在树林间，有人影在晃动，一个醉汉探出头来让我不要那么做，说那些狗会知道谁是凶手并且会报复的。他坐在长椅上，紧张地看着我，说道："它们都明白，都明白，你知道吗？"当我快到车那儿的时候，看到鼹鼠还是之前那个姿势，在那儿坐着等我，但是我注意到标致车的后备箱是开着的。那狗一下子倒在车里，当我关后备箱时，还在看着我。鼹鼠在车里跟我说："如果你把它扔在地上，它就会站起来跑的。"我表示赞同。"不，你离开之前应该把后备箱打开。"他说。"你说得对。"我回答道。"不，你必须这么做，但是却没做。"他又说道。我连连称是，然后立刻感到后悔，但鼹鼠看着我的手，什么也没说。我看着自己的双手，看着方向盘，觉得浑身都是血污，裤子上和车毯上都有血迹。我伤口很疼，他说我应该戴手套。他又说道："你来杀狗却没戴手套怎么行。""我知道了。"我回答道。"不，你不知道。"他说。"现在我知道了。"说完我便再没吱声。伤口的疼痛让我不想说话，我打着火，车子缓缓地离开了。

我试着集中精神，找出面前的几条街道中，可以把我带到港口的那一条，好让鼹鼠无话可说，我不能再出错了。或许我在一个药店停车去买副手套会好些，但是医用手套不起作用，五金店在这个时间也都关门了。尼龙包也同样没用。我可以脱掉夹克衫，把手包起来当手套用。是的，我以后就这么干了。我想起了自己说的话：干吧，我很乐意知道自己能像鼹鼠他们那么说话了。车开到了卡瑟罗大街，我认为它能一直通向港口。鼹鼠既没看我，也没说话，一动不动，两眼一直盯着前方，平缓地呼吸着。我觉得他们叫他鼹鼠，是因为在眼镜下面，他有一双很小的眼睛。

开过了几个街区之后，卡瑟罗街穿过了查卡布克大街，接着就是巴西街通向港口了。我把车沿着一边开了进去。后备箱里的狗好像撞到了什么东西，然后听见了声响，感觉它像在试着站起来。我觉得，鼹鼠对于动物的这种力量感到惊奇，他微笑着指着右边。我放慢速度开进巴西街，车轮发出噪音，车子的侧面，再一次传来声响，那狗试图在铁铲和后备箱的杂物之间让自己更舒服一点。鼹鼠让我刹车，我便刹车，让我加速，我又加速。他笑着让我再快点，我便照做。然后让我再刹车，我又刹车。现在那狗在车里被撞了很多下，鼹鼠放松下来让我继续那么做，就不再说什么了。我继续照做。车行驶的街道既没有交通信号灯也没有白线，那些建筑也越来越破旧，我们很快就能到达港口了。

鼹鼠指向右边，说再往前开三条街，然后朝河的方向左拐，我依旧照做不误。我们很快便到了港口，我把车停在一个停车的海滩上，那里存放着大批集装箱。我看着鼹鼠，但他并没有看我。为了不浪费时间，我下车打开后备箱。我没把夹克衫缠在胳膊上，因为现在已经不需要手套了，所有的事都准备好了，应该尽快做完离开。在这个空荡荡的港口上，只能看到远处微弱的灯光和几艘船发出的少许黄色的光束。或许那只狗已经死了，我觉得那样更好，如果我第一次更用力打它，它现在肯定死了。如果我一下子把它打死的话，就会费更少的力气，也就不用和鼹鼠相处这么长时间了。我本来可以直接打死这条狗，但鼹鼠不同意，他就是这么做事的。他们这类人想一出是一出，一定要把一只半死的狗带到港口，其实这不需要更多的勇气，相反在所有其他的狗面前把它打死，却是最困难的。

当我碰到它，把它的腿抓起来拖下车，它睁开眼睛看着我。我松开它，它就又摔倒在后备箱里。带着血迹的前腿蹭着箱里面的毯子，试图站起来，但后半身颤抖着站不起来。它还在喘气，急促地喘气。鼹鼠想必在数着时间。我再次抬起它，由于把某个部位弄疼了，它叫了一下，尽管已经动弹不得了。

我在地上拖着它，让它脱离车子。当我回到后备箱找铁铲时，鼹鼠下车了，看着这条狗。我带着铲子回来，看见鼹鼠的后背，在他身前，那只狗躺在地上。如果没有人得知我杀了狗，也就没有人知道发生了什么。鼹鼠没有转身让我现在动手，我举起铁铲，觉得是时候了，但是没有挥下铲子。"现在动手吧。"他说道。我既没有朝鼹鼠后背打下去，也没有朝狗打去。他又说了一遍让我动手，接着铲子划过空气打在了狗的身上，它躺在地上，叫了一声，然后一切都恢复了平静。

我把车发动起来，现在鼹鼠会告诉我，我将为谁工作，我将叫什么名字，可以赚多少钱，这点很重要。他让我开到托马·乌埃戈大街，然后拐到卡洛斯·卡尔沃大街。

我开了一会车，"在下一个街道靠右边减速。"他说着，我照做。这是他第一次看我，然后让我下车，我下来之后，他挪到驾驶座上，我向车窗探头，问他接下来做什么。"什么也不做。"他说，"你刚才犹豫了。"接着，他发动了引擎，标致车在寂静中驶远了。当我看了看周围，发现他把我扔在了广场上，就是之前那个广场。从广场中央，喷泉附近，一群狗慢慢地欠起身来，都在看着我。

马里亚奇歌手

〔墨西哥〕胡安·比略罗

杨晓 译

"我们做爱吗?"布伦达问道。

我看着她白色的头发,中分,很柔顺。我喜欢白色头发的年轻女人。布伦达今年43岁,但是她的头发从20岁开始就这样了。她喜欢解释说这都归咎于她的第一次拍摄。当时她在索诺拉沙漠做制片助理,必须找到400只意大利狼蛛来制造恐怖气氛。她做到了。但是第二天醒来,头发就变白了。我猜应该是遗传造成的。不管怎么说,她喜欢人们因为她寻找意大利狼蛛而白了头发这种职业精神而把她看成女英雄。

我不喜欢患白化病的人。我不愿解释原因,因为当理由被公开出去的时候,我发现都不称其为理由。拿骑马这件事就足以说明。没人见我骑过马。我是唯一一个从未骑过马的马里亚奇明星。记者们先后录了19次录像才意识到这点。当他们问我的时候,我说:"我不喜欢会拉屎的交通工具。"很平常,也很愚蠢。他们发布了我的银色宝马车的照片,还有我的斑马皮座椅的越野车。动物保护协会为我的行为感到羞耻。此外,一个讨厌我的记者得到了一张我在内罗毕的照片,我手里拿着高功率步枪。我没有打过任何狮子，因为我没有对任何一只狮子开过枪。但是我在那里，打扮成狩猎者。他们指控我是反墨西哥份子，因为我在非洲猎杀动物。

我在圣马可集市节的一个舞台上，一直唱到凌晨三点钟，我对马的事情做了声明。我花了两小时前往伊拉普阿多。有谁知道那种疲惫不堪，还必须在凌晨前往伊拉普阿多的感受吗？我想钻进一个按摩浴缸里，再也不做马里亚奇歌手。我早就这么说过："我讨厌成为马里亚奇歌手，戴着一个两公斤重的大檐帽唱歌，在没有电灯的村落里积攒下的怨气撕扯着我。"然而，我还是说了马的事情。

他们叫我"豪胡特拉的小公鸡"，因为我的爸爸是那里人。他们叫我小公鸡，但是我讨厌早起。去伊拉普阿多的那次旅行差点要了我的命，还有其他许多正在要我命的事情。

"你认为我好到可以成为一个完美的神经生理学家了吗？"卡塔丽娜在一天晚上问我。我回答她说那是毋庸置疑的。她有色情电影编剧的心理：幻想成为神经生理学家，在手术室里发起诱惑。我没有告诉她这点，不过我们还是异常激烈地做了爱，就好像我们必须满足房间里的三个好奇的看客。当时我要求她把头发染成白色。

自从我认识她，卡塔丽娜的头发曾经是蓝色的，粉红的和樱桃红的。"别傻了。"她回答我："没有白色的染剂。"于是，我知道为什么我喜欢白色头发的年轻女孩了，她们没有商业成分。当我把想法告诉了卡塔丽娜时，她又像色情编剧似的说："原来你想和你的妈妈做爱。"

这句话帮了我很大的忙。它让我辞退了我的神经分析医生。我的医生和她一个观点。我找他是因为我受够了当马里亚奇。躺在沙发之前，我犯了一个错误，看了一眼他的座位：上面有个中间带孔的充气坐垫。兴许对其他患者，这有助于让他们知道他的医生有痔疮。对某个私底下遭受此类痛苦的人能够有助于其坦白他内心的恐怖。但是对我没有效果。我继续治疗仅仅是因为这位神经分析师是我的歌迷。他知道我所有的歌（或者说那些我唱过的歌：我从来没有做过曲），我能够在这里出现对他来说有趣极了，还有我天籁般的嗓音，告诉他："我受够乡村民谣了。"

那些天，发布了一个报道，他们把我和一个用精神分析法治疗后战胜恐惧回到斗牛场的斗牛士比较。描述了他被牛顶上最严重的一次伤：他的肠子流出来掉在墨西哥的斗牛场上，他把它们捡了起来，还能跑到医务室。那天下午，他穿着大红色和金黄色的衣服。精神分析师帮助他回到斗牛场上，还穿着大红色和金黄色的衣服。

我的医生用一种滑稽的方式拍我的马屁，我很喜欢。我让阿兹特克体育场坐满了人，包括中间场地。我让13万人为我痴迷。我不用开口唱歌医生就会痴迷。

我两岁的时候，妈妈就死了。这就是为什么我每次想哭的时候都能哭出来的原因。我只要想念一张照片就够了。我穿着水手服，她抱着我，朝着一个驾驶着别克轿车的男人微笑。然而车翻了。我的爸爸在村里吃饭的时候喝了半瓶龙舌兰酒。我不记得葬礼了，但是据说他在坟墓前哭得很伤心。他教我唱乡村民谣。也赠给了我一张帮助我哭的照片：我妈妈笑着，她爱那个将带她去狂欢的男人；画面外，我的父亲憨笑着按下快门。

我当然希望我的妈妈回来，但除此之外，我也喜欢白色头发的女人。我犯了个错误，告诉神经分析师卡塔丽娜在《涵义》杂志中看到的结论:"你不喜欢患白化病得女人,你有恋母情结。"医生问了我更多关于卡塔丽娜的细节。如果说有什么原因使我不去反驳她,那就是她认为自己完美极了。医生听到后很兴奋,不再夸我。我最后一次去治疗时,穿着马里亚奇乐队演出服,因为我刚从洛杉矶的音乐会过来。他请求我把我的国旗颜色的领结赠给他。你会把自己的私生活告诉给你的歌迷吗?

卡塔丽娜也在治疗。这帮助她觉得"自己越来越完美"。她说她有很多种机会(几乎都是可怕的事),这都归功于她曼妙的身体。相反,她认为我只能成为马里亚奇歌手。我有嗓子,长得像邋遢的村夫,和一双会哭的勇敢者的双目。此外,我出生在这里。有一次,我梦到有人问我:"您是墨西哥人吗?""是的,但是我不会再当墨西哥人了。"在现实中这个回答会让我毁掉,在梦里,却让所有人感到兴奋。

我的爸爸在我16岁的时候为我录了第一张唱片。那时我已经不学习也不找工作。我成绩非常好,足够做个机械设计师。

我认识卡塔丽娜,就像认识我之前的女友一样:她对我的经纪人说她可以为我所用。莱奥告诉我卡塔丽娜有蓝色的头发,我想兴许可以把它染成白色。我们就这样开始约会了。我有足够的钱去生产一种白色染剂。但是那些天生白色头发的女孩是无法复制的。

事实是,我没找到几个天生白色头发的女孩。我在巴黎看见过一个,在机场的VIP大厅里。但我像个傻瓜似的一动没动。之后我遇到了罗莎,她28岁,有着极美的白发,肚脐眼镶嵌了一颗钻石,我在她做泳衣广告的宣传时看到的。我爱上了她,爱得甚至不在乎她把果冻叫成"果痛"。她再没理我。她讨厌乡村民谣,喜欢金发的男朋友。

当一位记者问我最大的愿望时,我说想乘坐哥伦比亚太空船去外太空。我没有谈女人。

之后我认识了布伦达。她出生在瓜达拉哈拉，但居住在西班牙。她去那里躲避那些马里亚奇乐曲，现在带着报复回来：楚斯·弗雷尔，一个我过去不知道的天才电影人。他爱上了我，而且希望我出现在他的下一部电影里，不惜一切代价。布伦达过来说服我。

她和卡塔丽娜成了好朋友，并发现她们讨厌一样的导演，那些毁了她们生活的人。（让布伦达成为制片人，让卡塔丽娜永远作为性格演员的候补者）。

"对于她这样的年纪，布伦达的身材很好了，你不这么认为吗？"卡塔丽娜评价道。"我会去注意的。"我回答道。

我早已注意到了。卡塔丽娜认为布伦达已经老了。"好身材"是对身材瘦弱的修女的称赞。

我只喜欢飞船的电影和孩子失去了父母的电影。我不想认识一个爱上了一个马里亚奇歌手的同性恋天才，不幸的是那个被爱的人还是我。我读剧本，为了不让卡塔丽娜打扰我。事实上，他们只给了我几个片段，在有我的那几场。"伍迪·艾伦也一样。"她向我解释道："演员们只有当他们在电影院观看完电影的时候才知道它讲了什么。"这就好比生活：你只看到自己的片段，而忽略了与其他部分组成的整体。最后这点我认同极了，我认为是布伦达曾经跟她这么说过。

我猜测卡塔丽娜希望一个角色。"你那场拍得怎么样？"，她不时地问我。我在非常艰难的时刻读了剧本。他们取消了我去萨尔瓦多的航班，因为有飓风，我不得不坐私人飞机。在中美洲动荡不安的时刻，那个角色我觉得轻而易举。我演的人物向所有人表明："多么够味！"，而后被一伙加泰罗尼亚摩托车手崇拜。

"你觉得那场吻戏怎么样?"卡塔丽娜问我。我不记得了。她跟我解释说我将要跟一个非常邋遢的摩托车手舌吻。她觉得这个主意好极了。"你将会成为第一个自我感觉很好的马里亚奇歌手,新型墨西哥人的象征。""新型墨西哥人亲吻摩托车手?"我问道。卡塔丽娜眼光闪烁:"你不是很讨厌一成不变吗?楚斯的电影会让你在另一类观众中成名。如果你继续像现在这样,不久你就只能作为中美洲的焦点。"

我没有回答,因为当时一级方程式赛车比赛开始了,我想看舒马赫。舒马赫的生活不像伍迪·艾伦的剧本:他知道目标在哪里。当我为舒马赫向海啸的灾民捐钱的事情感动时,卡塔丽娜对我说:"你知道他为什么捐这么多钱吗?肯定他为在那地方旅行发生的买春事件感到羞愧。"有时是这样的:一个男人可以加速到每小时350公里的速度,可以一直赢,一直赢,一直赢,然后捐出一笔钱。但是在我的床上,他还是用那种方式被对待。

我看到了我拿着在舞台使用的马鞭,(为了阻挡那些从台下扔给我的花)。我犯了个错,我举起马鞭说道:"我不允许你这样诋毁我的偶像。"这时,卡塔丽娜看到了我的同性恋和施虐倾向:"现在你有偶像了?"她笑了,好像渴望被第一个鞭打,"我非常生气。"我说,我下到厨房,给自己倒了一杯威士忌。

那天晚上,我梦到我驾驶着法拉利碾过一片宽檐大草帽,直到把它们都压扁了,压扁了。

我的生活开始发生偏差。我最差的唱片,由纳罗亚州的亚力山大·拉蒙作曲的乡村民谣,刚刚成为白银唱片,而且已经卖光了和国家交响乐团在美术宫的演唱会票。我的脸出现在阿拉米达大街的一个四平米大的海报上。我是个明星,请原谅我重复这么说,我从不以此抱怨,但我从来没自己做出决定。我的爸爸害死了我的妈妈,他恸哭,把我变成了马里亚奇歌手。后来的一切都是自然而然的。女人们通过我的经纪人找到了我。当客机不能起飞时我乘私人飞机。动荡。我靠这个生活。我喜欢什么?在平流层,看着地球,就像是个蓝色的泡泡,里边没有宽檐大草帽。

就在那时,布伦达从巴塞罗那打来了电话。而我在想她的头发。她说:"楚斯对你很着迷。他中止了在兰萨罗特岛购买房子,为了等你的答复。他希望你留长指甲,像个荡妇似的。有些小气女性化的男人。你介意成为一个荡妇似的马里亚奇歌手吗?你将会很好看。我也这么认为。我猜想卡塔丽娜跟你说过了。"一个瓜达拉哈拉人用这种方式跟我讲话令我十分兴奋。一挂掉电话,我自慰了,甚至没有借助我在厕所里放的那本《名士》杂志。之后,当我看漫画的时候,我想到了最后一句对话:"我猜想卡塔丽娜跟你说了。""她要跟我说什么?为什么她没有说?"

几分钟之后,卡塔丽娜重复了那些适合我作为不带偏见的马里亚奇歌手的理由(这完全矛盾:马里亚奇歌手就是一个民族偏见)。我不想谈那个,我问她和布伦达说了什么。"实际上,对于像她这样年纪的人还像年轻人行事真是不可思议。没有人认为她有43岁了。""她说了我什么?""我认为你不会喜欢知道的。""这对我来说不重要。""她尝试让楚斯放弃签你。你让她感觉出演一个复杂的角色太天真了。她说楚斯对你很着迷,她求他不要臆想您的阴茎。""她这么求他的?""西班牙人就是这么说话!""布伦达是瓜达拉哈拉人。""她在那儿生活太久了,并且一直自称是马里亚奇乐队的逃犯。或许因为这个你让她不喜欢。""她刚才给我打过电话，说我让她着迷。""我跟你说她很尽职：为楚斯可以做任何事情。"

我想激怒她，因为她的手指正在解开衬衫的扣子，而我刚刚自慰过。但我没想好该怎么侮辱她。当她把我的裤子脱下的时候，我想到了舒马赫，因为这动作太快了，这没能使我兴奋，我以我死去的妈妈发誓，但情愿继续下去。我们干了三个小时，比一场F1赛车比赛短一些。（我开始用"操"这个词了。）

在美术官的演唱会上我唱了"我又一次忘了"，当我唱到"在相同的城市和相同的人…"的时侯，我看到坐在第一排的一名记者。每次我过生日的时候，他就发表一篇证实我是同性恋的文章。他的主要证据是我长了一岁，还没有结婚。一个马里亚奇歌手需通过配种繁殖。我想到了那个我需要跟他舌吻的摩托手，又看了记者，我知道他是唯一一个会把我写成同性恋的人。其他人谈论亲吻另一个男人时会说这很男子气，因为剧本就是这么要求的。

拍摄过程就是场噩梦。楚斯·费雷尔跟我解释说法斯宾德曾让他的女主角舔摄影棚的地板。他还没有那么无耻：他把垃圾涂在我身上，为了"压制我的本我"。他对待我好于对待那些灯光师，他对他们喊："人民党的乡巴佬们"。只要他有机会，就抓我的屁股。

我不得不在摄影棚里等待很长时间，以至于我迷上了玩任天堂。我觉得布伦达一天比一天漂亮。一天晚上，我们一起去天台吃晚餐。幸运的是，卡塔丽娜抽了大麻，趴在了盘子上。布伦达告诉我她曾有一个"非常混乱"的生活。现在她很独立地生活着，这是必要的，为了满足楚斯·费雷尔影片里的率性要求。"你是这些率性要求中最新的一个。"他看着我的眼睛："能说服你是多艰难的工作啊！""我不是演员,布伦达。"我停顿了一下,"我也不愿意成为马里亚奇歌手。"我补充道。"你想要什么?"她迷人的笑了笑,我喜欢她不说"你想要什么?"。似乎暗示:"你现在想要什么?"布伦达抽着雪茄。我看着她白色的头发,我叹了口气,像一个能让体育场坐满人的马里亚奇歌手那样叹气。我什么都没说。

一天下午,一位色情电影明星来到影棚。"他给他的阴茎上了百万欧元的保险。"卡塔丽娜对我说。布伦达在旁边,评论说:"百万阴茎"曾经一度成为70年代墨西哥国家彩票的口号。"你还记得那么久远的事情。"卡塔丽娜说,尽管这句话有侮辱性。她们非常高兴地和那位色情电影演员去吃晚饭了。我留下等着拍舌吻的镜头。

那个出演加泰罗尼亚摩托车手的演员比我矮,他们不得不让他踩着板凳。我已经为这个镜头吃了人参片,也已经克服了心中的偏见,那个细节还是让我觉得很娘娘腔。

四个星期的电影拍摄,我赚到了在墨西哥任何一个村子演出挣得的钱。

回来的飞机上,他们给了我一盘西红柿沙拉。卡塔丽娜告诉我说这是那个色情电影演员的一个小招数:他吃许多西红柿,为了让精子的味道更好。女演员们为此感谢他。这让我很好奇。在色情电影演员里,真的需要这种礼貌吗?我吃了盘子里的西红柿,还有她的那一份,但是一到达墨西哥,她忘记了这事,或者是她太累了,而没有给我口交。

电影叫作《蓝眼睛的马里亚奇》。他们邀请我参加在马德里的首映。我走在红地毯上,看到一个伸出双手环抱的家伙,差不多有一码长。在墨西哥,这个动作很淫秽,在西班牙也是,而我是看完电影之后才知道的。有一个场景是摩托车手靠近我要摸我的阴茎,然后出现了一个非常大的下体，一个令人印象深刻的勃起。我想到那个色情电影演员去摄影棚后边就是为了这个。布伦达纠正了我的错误："这是一个移植术。让观众认为这是你的阴茎，让你很苦恼吗？"

有什么可以让一个人一夜之间变大了阴茎？在首映之后的聚会上，桃色新闻的女王对我说："真是个不要脸的流氓！"布伦达跟我讲述那些在裸体海滩上被人看到的名人，他们有像消防水管一样的阴茎。"但那些生殖器是他们自己的！"，我反驳。她看我就像联想到了我生殖器的大小，之后失望，但她对我真好，没再说什么。我想抚摸她的头发，在她的肩头哭泣。但在那个时候，卡塔丽娜到了，拿着香槟。我很快离开了聚会，在马德里的街头一直蹓跶到清晨。

当我经过丽池公园的时候，天空开始变成了黄色。一个男人牵着五条绑着皮链子的爱斯基摩犬。他面无表情，穿着便宜的衣服，让人觉得他没有别的义务只能靠遛有钱人的狗。狗的蓝色眼睛让我感觉很悲伤，就好像希望我把它们带走，而且知道我没有能力做到。

我回到皇宫酒店很累了，连卡塔丽娜不在套房里也没感觉到惊奇。

第二天，整个马德里都在谈论我的无耻。我想自杀，但是我觉得在西班牙这么做不好。我将平生第一次骑上马，在墨西哥的土地上发疯。

当我一下飞机到达墨西哥城的时候（没有卡塔丽娜的消息），知道了我的国家在用一种很奇特的方式崇拜我。里奥交给了我一个文件夹，里边是媒体对我的称赞，赞赏我为独立电影人拍片。用词是"男子气概"和"阳刚之气"，以及"原生态电影""佳片"。我认为，《蓝眼睛的马里亚奇》是一个故事里套着一个故事，一个故事里又套着另一个。里边所有的人都刚做完一件他们一开始并不想做的事情，然后他们很高兴这样。

我接下来的一场演唱会,就在国家演艺厅,那场面令人震惊:观众们拿着阴茎形状的气球。我已经变成了这个国家的种马。他们开始叫我英国公鸡,一个影迷俱乐部叫作"母鸡俱乐部"。

卡塔丽娜已经预示到这个电影会让我变成被人们崇拜的演员。我试图找到她,告诉她这件事,但她还在西班牙。我收到世界各地的裸体活动的邀请。我的经纪人涨了三倍工资,并邀请我去他的新家看看,一幢坐落在佩德雷加尔区的豪宅,是我房子的两倍大。里边住着一位牧师,举行了一场弥撒来祝福这个宅子。里奥感谢上帝把我安排在他的身旁,之后他请我一起去他的花园。他跟我说梵妮莎·奥夫雷贡想认识我。里奥的野心是无限的:他赞成我跟乐团里最性感的美女约会。但我不能和一个女人在一起而不会令她失望,或者我不得不向她解释影片给我带来的荒谬处境。

数千个采访中,没有人相信我不为自己的阴茎感到骄傲。我被洛杉矶的一个杂志称作是最性感的拉丁美洲人,被阿姆斯特丹一家杂志称作最性感的双性恋者,被纽约的一家杂志称作最意想不到的性感。但当我脱下了裤子,不能不感到羞耻。

最后,卡塔丽娜从西班牙回来用她的新生活羞辱我:她现在是那个色情演员的女朋友了。她跟我讲这个时,在一家餐厅里,她没品味地点了一盘西红柿沙拉。我想到色情演员的饮食。我几乎没有时间来分散我的注意力,以面对这种烦恼,因为卡塔丽娜跟我要一笔"分手费",我给她了,为了让她不说出我阴茎的事情。

清晨两点,我去找里奥。他在那个叫作"书房"的房间接待了我,因为那儿有一套百科全书。当我说话时,他光着的双脚在一张美洲狮皮上走来走去。他穿一件绣着龙的睡衣,好像在扮演一个俗气的经纪人。我跟他说了卡塔丽娜的敲诈。

"把它作为一种投资。"他跟我说。

这让我平静了一点儿,我累了。我甚至不能自慰。水管工把我在卫生间里的《名士》杂志带走了,我并不想念它。

里奥继续他的安排。一辆豪华轿车在我身边停下,准备拉我去年度拉丁 MTV 颁奖典礼,我和一个在后坐笑着的引人注意的混血女子坐在一起。里奥雇她来陪我一起去参加典礼,增强我的性传说。我喜欢和她说话(她知道萨尔瓦多游击队的恐怖传闻),但是我不敢再多做什么。我感觉她像皮尺一样在丈量我。

我回到了精神分析医生那里:我说卡塔丽娜是幸福的,因为她享有一个真实的大阴茎。我是不幸的,因为我活在一个想象中的大阴茎里。生活难道就这么简单吗?医生说这件事情发生在他的百分之九十的患者身上。我不想继续待在此类患者这么集中的地方。

我的名声好像一个非常剧烈的毒品。我需要我讨厌的东西。我到处做巡演。我冲观众席上扔帽子。我跪着唱"不听话的孩子",我和一个说唱乐队录了唱片。一天下午,在瓦哈卡的中心广场,我坐在一个藤椅上,听了好一阵儿木琴。我喝了两杯龙舌兰,没有人认出我,我暗自高兴。当我看到蓝色的天空和飞机划过的凝结尾时,我想起了布伦达,于是我给她打了电话。

"你迟了很久。"这是她跟我说的第一句话。为什么我之前没有找她了?对她我不用假装什么。我请求她来看我。"我有自己的生活,胡立安。"她失去耐心地说。但她念我名字的时候就好像我从来没听过一样。她不会为我放弃什么。我取消了去巴希奥的演出。

我在巴塞罗那惊恐彷徨地待了三天,没能去看她。布伦达忙于电影摄制。最后我们在一个专为未来的日本游客设计的餐厅遇到了。

"你想知道我是不是了解你吗?"她说,而我想的是她在提起一首乡村民谣。我笑了,不过是应付一下。她看着我的眼睛:"你是我空白的一页。"不,我不知道那首歌。但我不想回忆它,因为她开始跟我说一些很吃惊的话,甚至让我感到害怕。她知道我妈妈的忌日,知道我上一个精神分析医生的名字,我想飞行外太空的愿望,她很久以前就开始崇拜我了。这一切开始于当她看到我在环球电视台的转播中流汗的时候。她做了一个不可思议的工作,为了接近我:说服楚斯跟我签约,给我写剧本台词,她向卡塔丽娜介绍色情演员,有计划的假阴茎场面让我的生活偏差。"我知道你是谁,我天生是白色头发,"她笑了。"或许你认为我是个操纵者,我是电影制片人,两者几乎是一样的:我制造我们的相遇"。

我看着她的眼睛,因为拍摄电影夜不能寐而熬红了。我是个愚蠢的马里亚奇歌手,我说:"我是个愚蠢的马里亚奇歌手"。"我知道。"布伦达抚摸着我的手说。

之后她跟我说了她为什么喜欢我。她的故事太可怕了。她讨厌瓜达拉哈拉、马里亚奇乐曲、龙舌兰、传统和风俗。我向她保证不把这些告诉其他人。我只能说她活着是为了逃避过去那段生活,直到她意识到这就是她唯一的现实生活。我是他的"返程票"。

从来没有人像布伦达这样,为了跟我在一起而这么努力。我在餐桌上哭了。我先拿出餐巾纸擦眼泪,后来用她的白色头发,它闻起来有点美妙。我靠在了她的胸口,我喜欢她心跳的方式。

我想那天晚上我们就能够睡在一起了,但是她还有一个没处理完的制片:"我不想干预你的工作,但你得澄清阴茎的事情。""阴茎不是我的工作:是你们自己编造了它!""或者说,是我们自己编造了它。一个欧洲的电影技巧。我忘记了阴茎的技巧可以在墨西哥做。我不想跟一个贴上大阴茎标签的男人约会。""我的没有很大,很小。"说"有多么小?"布伦达很感兴趣地问。"正常小吧。你看!"

于是她希望我了解她的道德准则:"你的影迷们需要看。"她回答说:"我希望你有常人的勇气。""我不是常人:我是豪胡特拉的公鸡,我的唱片甚至在药房里都有卖!""你必须做这件事。我厌倦男性生殖器崇拜的世界。""但是你会喜欢我的阴茎吗?""你正常的小阴茎?"布伦达伸手到我的襟门,但没有接触。"你想要我做什么?",我问。

她有一个计划。她总是有计划。我将出演另一部电影,一场激烈地批判名人的世界,我将正面全裸出镜。我的观众们将会对我有一个真实并直接的认识。当我问到谁来导演这部影片时,我又吃了一惊。"我,"布伦达回答:"影片叫作瓜达拉哈拉。"

同样,她也没有让我读完全部剧本。我出现的镜头很奇怪,这并不说明什么:很多让我觉得奇怪的电影得了奖。一天下午,在拍摄休息时,我走近她,看预告片,问她:"你觉得瓜达拉哈拉之后,你我之间会发生什么?""你很介意吗?""我的生活看起来很愚蠢。""生活是愚蠢。""你会和我上床吗?""我们还差一场戏。"

她清空了摄影棚,为了拍我全裸。其他人不高兴地走开了,因为快餐车刚刚把饭送到了。布伦达把我安排在一个桌子旁,那个桌上散发着美味的香肠味道。

她在我面前停留了一刻,用一种我不能忘记的方式看着我,就好像我们要穿过一条河。我想和她在一起,直到永远。我没去想我是马

里亚奇歌手,因为如果想到这一点,我会再次哭的。她笑了,说了我们两个人一直期待的话:

"我们做爱吗?"她站到了摄像机后面。

在食品桌上有一大盘沙拉。生活是愚蠢的,但它有许多秘密。在我脱下裤子前,我吃了一个西红柿。

关于短篇小说写作技巧的论述

里卡多·皮格里亚

涂远洲 译

1、在他一本笔记里,契诃夫曾记下过这样一个小故事:"有一个人,身在蒙特卡洛,去赌场玩,赢了一百万,回到家中,自尽而亡。"一部短篇小说的经典构架即浓缩于这个留于将来写作的构想而终没被写出的故事主线当中。

和易于料想的通常情况(赌钱——输钱——自杀)不同,其精妙的情节似以矛盾方式展开。故事趋于将赌博之事与自尽之事脱离干系,而如此的分裂恰是确定短篇小说架构双重性的关键所在。

第一论：一篇小说总有两个故事

2、经典的短篇小说（以坡[①]、基罗加[②]的作品为代表），在第一层面上叙述故事甲（赌博之事），而暗地里又构建故事乙（自杀之事）。小说作者之技艺则在于将故事乙安插于故事甲的间隙之中。以明线掩盖暗线，且后者以概略、零碎之语叙述。

如此，故事末尾，这暗线之事浮出水面，则令人出乎意料。

3、而这两条线的讲述方法亦有所不用。写两个故事就意味着用两种不同的因果关系来叙述。同样的事件以对立的叙述逻辑同时发生。一部短篇小说的基本要素有双重功能，且在两条线中以不同方式各自得以应用，其交叉点便是这小说结构的基础。

4、在《死亡与罗盘》[③]中，小说一开始，便有出版商决定出一本书。这本书之所以出现，只因它在暗线架构中是必不可少的。

怎样才能使诸如"红色夏拉赫"一般的恶人深谙复杂的犹太教传统，并有能力给伦罗特布下一个玄妙的、有哲学含义的局？博尔赫斯

[①] 埃德加·爱伦·坡（1809—1849），19世纪美国诗人、小说家和文学评论家，美国浪漫主义思潮时期的重要成员。在世时长期担任报刊编辑。其作品形式精致、语言优美、内容多样，在任何时代都是"独一无二"的风格（译者注）。

[②] 奥拉西奥·基罗加（1878—1937），乌拉圭作家，拉丁美洲著名作家和诗人，被誉为"拉丁美洲小说之王"（译者注）。

[③] 又译《罗盘与凶杀案》，阿根廷小说家、诗人、散文家豪尔赫·路易斯·博尔赫斯短篇小说作品（译者注）。

就给他弄来这本书让他受教。同时,他也用故事甲来掩盖此书的这项功能:这书仿佛是由雅莫林斯基遇害案顺道带出的,还迎合了这一讽刺的巧合:"有出版商发现人们什么书都心甘情愿地买,居然出版了《哈西定教派史》的简装本。"一条故事线中多余累赘的东西,在另一条故事线中却是根本所在。这出版商的书(或是《南方》中的那本《一千零一夜》、《剑形》中的《伤疤》即是双重动因的典范。双重动因推动短篇小说作为微观叙述的机器运转下去。

5、短篇小说就是一个故事包含着另一个隐藏的故事。并不是说有个暗含的意义可以随意解读:这谜团不过是用神秘的方式讲述的事情而已。而写作的技巧则全靠这编码后的叙述。如何才能讲一个故事的同时又讲另一个故事?这个疑问即综合了小说写作的技术问题。

第二论:暗线是短篇小说及其变体的形式之关键

6、出自契诃夫、凯瑟琳·曼斯菲尔德、舍伍德·安德森、乔伊斯·德都柏林笔下的现代短篇小说已不再使用出人意料的结局和闭合式结构,而开始在两个故事线之间的僵持紧绷上下功夫,始终不予松懈,暗线故事叙述的方式愈加隐蔽。坡①式的古典短篇小说,在讲一个故事时,明确表示还有另一个;而现代短篇小说则仿佛将两条故事线合二为一。

海明威的冰山理论则是对这一变化的首次概括:最重要的从不写

---

① 指埃德加·爱伦·坡(译者注)。

明。暗线故事的构建并非靠言语,而靠的是意会和隐喻。

7、《大河双心》是海明威的主要短篇小说之一,这部作品将其"故事乙"(战争对尼克·亚当斯的影响)隐藏至深,以至于小说看上去像是对一次郊游垂钓的琐碎描述。海明威竭尽所能,以滴水不漏之语对暗线故事加以叙述,其规避手法之高超,让人感觉不到另一故事线的存在。

那么,契诃夫记下的小故事,海明威又会如何来写呢?他会细致入微地描写赌局进行过程中的盘数、氛围,赌徒下注的手法和他喝的酒水,但绝不会说这人将要自杀,而字里行间又仿佛读者早知道他要自杀一样。

8、卡夫卡将暗线故事讲得简单明了,而将明线故事隐晦地叙述,以至将其变得阴暗神秘。如此颠倒则是"卡夫卡风格"的基本特征。

契诃夫小故事中自杀的来龙去脉多半会被卡夫卡放在首位,描写得极为自然。而可怕之处则集中在几笔带过而又骇人听闻的赌局上。

9、对于博尔赫斯而言,故事甲是个形式,故事乙才始终是其本身的体现。为减轻或掩饰暗线故事本质上的单一性,博尔赫斯便采用各种形式外壳下不同的叙述方式,他的所有短篇小说皆是如此架构。

明线故事——契诃夫的赌博小故事,博尔赫斯将用传统的、形式化的固定模板(带有轻微的模仿性)来叙述。比如,在恩特雷里奥斯平原上一间仓库深处被追捕的高乔人之间的一局抓子儿游戏,游戏过程由乌尔基萨将军骑兵部队一名老兵讲述,这老兵又是希拉里奥·阿斯卡苏比的朋友。而自杀之事，则是靠双重叙述，以及将人的一生压缩至决定其命运的一幕一节来构建的。

10、博尔赫斯引入短篇小说叙述中的基本变化，即在于将故事乙的编码构造变为叙述的主题。

博尔赫斯叙述某一人物的小动作，这个人物便狡黠地用明线故事中的素材构成一条暗线。在《死亡与罗盘》中，故事乙便是夏拉赫的精心创作。诸如《死亡》中的阿塞维多·班代拉，《叛徒和英雄的故事》中的诺兰，又如艾玛·族恩茨①，均是如此。

博尔赫斯（和坡、卡夫卡一样）善于将叙述形式的问题转变为小说趣闻轶事的所在。

11、短篇小说的创作就是要将隐藏的事物人为地体现出来。不断以革新的方式寻求一种独特的体验，能让我们于平凡的生活表象之下发现隐含的真实。正如兰波②所言："瞬间的一视让我们发现未知，但这并不在于某个遥远的、不知名的领域，而恰就在此刻的心间。"

如此于宗教上大逆不道的启示语，即成为了短篇小说的表现形式。

---

① 博尔赫斯同名短篇小说《艾玛·族恩茨》中的人物（译者注）。
② 让·尼古拉·阿尔蒂尔·兰波（或译韩波、林包德），法国著名诗人，早期象征主义诗歌代表人物，超现实主义诗歌鼻祖（译者注）。

献给作家们的启示

安东·契诃夫
涂远洲　译

- 东西写得不好不至于头破血流；相反，我们之所以写作，恰是因为我们已撞得头破血流，不明方向了。

- 当我写作时，不会觉得自己写的故事很悲伤。无论如何，我工作时心情总是很好的。生活得越是愉快，我写出的故事就越是阴郁。

- 我的上帝呀，请别让我就自己不知晓、不明白的事情发言或表态。

- 别打磨、润色得太多，须粗枝大叶、胆大不羁。简练的叙述便是才能的体现。

- 我都看见了。然而此刻问题不在于我看见了什么，而在于我是如何看见的。

● 很奇怪，如今我对简短精炼的追求已至狂热。读任何东西，不管是我写的还是别人的，我都觉得不够精炼。

● 我写东西的时候，完全相信读者会自行添加小说中缺失的主观元素。

● 写苏格拉底可比写一个小姑娘、一个女厨师要容易。

● 把写好的故事在箱子里放上一整年，时间到后，再拿出来读一读，整体就会看得更加清晰。写一部小说，就用一整年去写，然后用半年时间裁剪压缩，再拿去出版。作者除了写作，还要绣花于纸上，功夫须下得细致、精心。

● 我建议如下：1、别写政经社方面的废话；2、绝对客观；3、刻画人和物时须真真切切。4、最大程度的言简意赅；5、大胆、独特：拒绝一切俗套；6、发自内心。

● 生活和写作总是难以兼顾。要是脑子累了，就停下笔别写了。

● 永远别说假话。艺术就有这特别的伟大之处：不容谎言。关于爱情、政治、医学都可以撒谎，骗得了人，甚至骗得了天。但对于艺术，永远不能说假话。

- 没有什么比描写讨厌的政府更容易的了。读者喜欢看，但只有最让人受不了的、最平庸的读者喜欢看。上帝要你从俗套里跳出来。最好是别去描写人物的情绪状态，要试着让人物的情感从他们自身的行为中流露出来。你得肯定你的人物是鲜活的、你没有违背现实，否则就别拿去出版。

- 写东西去给人评论，就好比让伤风感冒的人闻鲜花。

- 我们别去做话痨子，得坦诚地说这世上的事情是弄不明白的。只有话痨子和白痴倒觉得自己什么都懂了。

- 让我难受的不是这写出来的东西本身，而是这文学界，你没法从文坛逃离，它四处与你同在，就像空气伴随着大地。我们的知识界整体上虚伪、无信、狂躁、没教养、闲散，我不相信它；哪怕是知识界遭罪、抱怨的时候，我也信不过，因为迫害知识阶层的人也出自知识界内部。我倒相信个人，相信散落在各个角落的些许个体，不论是知识分子还是农民，力量源于他们，哪怕他们仅是少数。

短篇小说大家谈

涂远洲　译

对于短篇小说的普遍创作方法，**我认为存在一个根本性的错误**。有些时候，写出的故事于我们而言就是一篇论文；还有些时候，作者从某件时事中获取灵感，即便最好的情况，也是设法将仅仅作为叙述基础的各种奇闻轶事组合搭配，再想着将各类描绘、对话或是个人评论随意插进情节组织中存在缝隙而有机会插入的地方。

在我看来，一切考虑的出发点应在于作品想要产生的效果。我一边想着要有独创性（因为谁要是胆敢忽视如此显而易见的趣味点，就是在自掘坟墓了），一边要首先自问："在人心、人智，或者更普遍的说法是人的灵魂可以接收的不计其数的效果和情感中，对于这篇作品，我应当仅选择哪一种呢？"

——埃德加·爱伦·坡

不论在诗歌中还是在短篇小说里，都可以用清晰的言语来讲述寻常的地方、常用的东西，再赋予这些事物（一把椅子、一条窗帘、一把叉子、一块石子、一件女人的耳坠）宽广的寓意和新的能量。我们可以写出一段对白，乍一看寻常无奇，然而却能让读者脊背发凉，正如同日常的乐事对于纳博科夫而言一般。作家中，我最喜欢的便是这一类。相反，我厌恶那些污秽、审时度势，又美其名曰是实践所得，或是某种所谓写实主义下的不加修饰的文字。在伊萨克·巴别尔绝佳的短篇小说《吉·德·莫泊桑》中，关于写作，"我"这么说："任何钢铁武器都不能像一个恰到好处的句号那样有力地直击人心。"

——雷蒙德·卡佛

一部短篇小说即是一段完整的戏剧情节。好的小说里，人物靠情节来展示，情节又靠人物来控制。而故事的含义则来源于其给予读者的全部感受。于我而言，我倾向于说短篇小说是包含一个人物的戏剧性事件。这人物一方面和我们一样具有普遍的人性，另一方面又处在十分特殊的环境下。一篇小说即以戏剧性的方式牵扯出人性的奥秘。

——弗兰纳里·奥康纳

每个人都有自己的短篇小说收藏，难道不是么？我就有，还能说出其中一些名字。我有埃德加·爱伦·坡的《威廉·威尔逊》，有吉·德·莫泊桑的《羊脂球》。再细细想一想：还有杜鲁门·卡波特的《圣诞忆旧集》，豪尔赫·路易斯·博尔赫斯的《特伦、乌克巴尔、奥尔比斯·特尔提乌斯》，胡安·卡洛斯·奥内蒂的《成真的梦》，托尔斯泰的《伊万·伊里奇之死》，海明威的《五十个大人物》，伊萨克·迪内森的《梦想家》，如此等等。诸位应该已经发觉，这些作品并不一定都是选集里常见的，为什么又能长存于人们的记忆？请大家想想自己难以忘怀的短篇小说，便会发现它们皆有共同的特点：它们都依附于现实，这现实比其单纯的故事要宽广不知多少倍，正因如此，才以一种力量影响了我们，使人不会疑虑其表面内容的朴实无华和篇幅的短小。一个人在某一特定时间选一题材写成短篇小说，若是他的选材中能有从细小到博大、从个体局限到人性本质的非同寻常的展开（有时连作者本人都意识不到），他就能成为短篇小说大家。所有传世之作就像孕育着参天大树的种子，在我们心中生长，在我们记忆中成荫。

——胡里奥·科塔萨尔

集中紧凑和内部统一对于短篇小说而言是至关重要的，长篇小说就不至于如此，幸好后者可有其他方法得以成就。正因如此，人们读完短篇小说后，可以想象故事之前和之后发生的事情，而这也将是所读内容文本和精神的一部分。长篇小说就不同了，必须完完全全从头说到尾。

——加夫列尔·加西亚·马尔克斯

埃德加·爱伦·坡坚持认为，短篇小说的全部都应该根据其最后一段，甚或最后一行来写；如此要求怕是夸张了，但也是对一个不争事实的凸显或精练。就是说，必须由一个预设的结局来引导故事中的兴衰沉浮悲欢离合。正因为当下的读者同时也是评论家，懂得并能预料各类文学技巧的使用，一部短篇小说就必须要包含两条情节线；一条是虚的，泛泛而述，而另一条是实的，则非到最后不得揭露。

——豪尔赫·路易斯·博尔赫斯

对我而言，长篇小说和短篇小说是……相像的体裁，除了极短的微型小说是个例外，它们比起小说更像是警句隽语了。但我确实不认为长篇和短篇之间有什么本质差异，区别仅仅是长篇小说空间更大、篇幅更长，因而人物也可创作得更加真实；短篇小说则是从情节主题出发，人物仅仅是载体而已。着手写一个故事的时候，这到底是个短篇还是个长篇，我是心中有数的。我也知道这上面一旦弄错，手上的活就成不了了。然而，我可不敢向您指明二者之间究竟以何为界。我们写东西的只管写好就行了，理论上的得由教授和评论家们说了算。

——阿道夫·比奥伊·卡萨雷斯

作者可以描写一个坐在咖啡桌旁、暗暗望着街景的人。他可以用最恰如其分的笔墨来描绘他，但仅仅如此还成不了短篇小说，只是幅静态肖像而已。然而，倘若作者再添上小小的一笔，比如：他在等人，使得叙述上有了可能性、有了预兆、有了未来，这就够了。就短篇小说技术上而言，对于如是情况，他等的是一个女人、是要杀他的人、是童年的伙伴，或是债主，这都不太重要。最为重要的是他的态度，因为读者可从他的态度里看到故事隐藏的跌宕起伏，确信即便故事中风平浪静，待到故事本身结束再往后，他把人等来之时，也一定有事情要发生。

——马里奥·贝内德蒂

　　我们不难知道埃德加·爱伦·坡对优秀短篇小说的理解：一篇虚构的作品，只写一件事，实际发生的或精神想象的均可，且能一口气读完；必须要有独创性，要情趣横溢，引人入胜或感人至深，且在效果上应当统一，从头到尾都只能在一条线上进展。按照他定的原则来写短篇小说可不像有些人想的那么容易，得要有聪慧才智，也许不是聪明绝顶，但一定出而不凡；还要有形式美感和不小的创造能力才行。

——W.萨摩赛特·毛姆

本书作家年表（小说集写作背景资料）

1950—2008

牟馨玉　译

年份	作家	历史背景	文化背景
1950年	托马斯·冈萨雷斯生于麦德林	朝鲜战争爆发。劳雷亚诺·戈麦斯当选为哥伦比亚总统。面对朝鲜冲突，美国总统杜鲁门宣布国家进入紧急状态，开始生产氢弹，并实施反共产主义的对内对外政策。	乔治·奥威尔、萧伯纳、埃德加·李·马斯特斯相继逝世。罗素获得诺贝尔文学奖。阿斯图里亚斯：《强风》。格林：《第三个人》。聂鲁达：《漫歌集》。奥内蒂：《短暂的生命》。威廉姆斯：《玫瑰刺青》。伯格曼：《夏日游戏》。德·西卡：《米兰奇迹》。休斯敦：《柏油森林》。罗西里尼：《圣佛朗西斯之花》。阿隆索：《西班牙诗歌》。盖坦·杜兰：《惊愕》。加西亚·马尔克斯：《蓝宝石般的眼睛》。海明威：《过河入林》。帕德隆：《春夜》。乌斯拉尔·彼特里：《从一个到另一个委内瑞拉》。

作家年表（小说集写作背景资料）

续表

年份	作家	历史背景	文化背景
1951年		哥伦比亚总统戈麦斯退位，罗伯托·乌达内塔继任。古巴巴蒂斯塔发动政变。阿根廷副总统庇隆和妻子竞选总统，但被企图政变的军人们否决。庇隆全权掌握武装力量，并宣布阿根廷进入内战状态。圣弗兰西斯科合约签订，同盟国结束对日战争。法国、英国和美国结束对德国战争状态。	安德烈·纪德和辛克莱·刘易斯逝世。罗哈斯·埃拉索:《孤独的脸》。福克纳:《修女安魂曲》。塞拉:《蜂房》。尼古拉斯·纪廉:《致赫苏斯·梅嫩德斯的挽歌》。博尔赫斯:《死亡与罗盘》。卡波特:《草竖琴》。卡斯特罗·萨维德拉:《祖国之路》。科塔萨尔:《角斗士》。帕斯:《孤独的迷宫》、《鹰还是太阳?》。萨巴托:《人类和齿轮》。麦卡勒斯:《伤心咖啡馆之歌》。休斯敦:《非洲女王》。达利:《十字若望的基督》。R.玛雅:《时光》。皮内达斯:《纪念委内瑞拉的诗》。
1952年		美国干涉朝鲜，冷战加剧。英国乔治六世去世，伊丽莎白二世继任。玻利维亚民族革命。侯赛因成为约旦国王。	博尔赫斯:《探讨别集》。海明威:《老人与海》。尤瑟纳尔:《哈德良回忆录》。德·西卡:《温培尔托·D》。罗西里尼:《一九五一年的欧洲》。拉图尔达:《市长、书记员和他的朋友》。布努埃尔:《被遗忘的人们》。皮涅拉:《雷内的肉体》。杰尔巴西:《炎热空间》。帕斯:《赞美诗的种子》。胡安·何塞·阿雷奥拉:《寓言集锦》（短篇小说集）。

191

续表

年份	作家	历史背景	文化背景
1953年		劳雷亚诺·戈麦斯在哥伦比亚重新掌权，之后被古斯塔沃·罗哈斯·皮尼利亚将军打倒。朝鲜战争结束。约瑟夫·斯大林逝世。铁托元帅成为南斯拉夫新一任总统。	丘吉尔获得诺贝尔文学奖。狄兰·托马斯、尤金·奥尼尔逝世。卡彭铁尔：《消失的足迹》。罗亚·巴斯托斯：《叶丛雷声》。鲁尔福：《平原烈火》。伯格曼：《小丑之夜》。罗西里尼：《永远爱你》。莱萨马·利马：《时钟集》。海明威：《节日》（《太阳照常升起》西班牙文题目）。穆蒂斯：《灾难的元素》。
1954年		罗哈斯·皮尼利亚由国家宪法大会任命为哥伦比亚总统。危地马拉和尼加拉瓜断交。美国在危地马拉指挥非常规军推翻阿本斯·古斯曼总统。陆军上校卡洛斯·卡斯蒂略·阿马斯发动叛乱，出任总统。尼加拉瓜发起反索摩查四月斗争。阿根廷国内战乱。斯特罗斯纳掌握巴拉圭政权。	海明威获得诺贝尔文学奖。聂鲁达：《葡萄和风》、《英雄事业的赞歌》。戈尔丁：《蝇王》。米斯特拉尔：《地方》。尤瑟纳尔：《埃莱克特或面具的丢失》。波伏娃：《名士风流》。阿斯图里亚斯：《绿色教皇》。富恩特斯：《假面具的日子》。鲁菲诺·塔马约完成在墨西哥美术官的第一幅壁画。

作家年表（小说集写作背景资料）

续表

年份	作家	历史背景	文化背景
1955年		哥伦比亚自由党游击队缴械投降。《旁观者报》和《时代报》两份日报遭罗哈斯·皮尼利亚军政府查封。阿根廷总统庇隆因军事政变下台，莱奥纳尔迪和阿兰布鲁继任。墨西哥方面，菲德尔·卡斯特罗和一批古巴流亡者成立"七·二六运动"，并同埃内斯托·"切"·格瓦拉一道策划攻入古巴。	奥尔特加·伊·加塞特逝世。安德烈斯·贝略：《语言学研究》（文集第一卷）。鲁尔福：《佩德罗·巴拉莫》。阿斯图里亚斯：《死不瞑目》。加西亚·马尔克斯：《枯枝败叶》。多诺索：《夏天和其他故事》。纳博科夫：《洛丽塔》。威廉斯：《热铁皮屋顶上的猫》。费里斯贝托·埃尔南德斯：《我的故事的错误解释》（美学宣言）。
1956年	胡安·比略罗生于墨西哥城	拉丁美洲主教理事会成立。 英国远征苏伊士运河。 以色列、法国、大不列颠联盟对埃及发起军事进攻。 中国开展"百花齐放"运动。 菲德尔·卡斯特罗登陆古巴。 尼加拉瓜总统安纳斯塔西奥·索摩查·加西亚逝世，其子路易斯即位。 以色列联盟成立。 摩洛哥宣布独立。 俄罗斯赫鲁晓夫废除斯大林时期镇压政策。	贝托尔特·布莱希特、皮奥·巴罗哈和沃尔特·德拉梅尔相继逝世。胡安·拉蒙·希梅内斯获得诺贝尔文学奖。帕斯：《弓与琴》。庞德：《歌集》。尤瑟纳尔：《阿尔西帕的慈悲》。科塔萨尔：《决胜局》。吉马良斯·罗莎：《芭蕾舞团》、《大腹地：小径》。贝内德蒂：《办公室诗歌》。伯格曼：《第七封印》。德·西卡：《屋顶》。比奥伊·卡萨雷斯：《惊天历史》。卡彭铁尔：《追踪》。科特·拉穆斯：《梦》。J. 纪廉：《黎明和觉醒》。皮涅拉：《冷小说》。

续表

年份	作家	历史背景	文化背景
1957年	胡里奥·帕雷德斯生于波哥大	哥伦比亚罗哈斯·皮尼利亚将军政权倒台。加布里埃尔·帕里斯领导组成军事政府。阿尔韦托·耶拉斯·卡马戈（自由党领导人）和马里亚诺·奥斯皮纳·佩雷斯（保守党领导人）达成协议建立"民族战线"机构，从而自由党和保守党轮流执政，以此解决全国恐怖暴力问题。	加夫列拉·米斯特拉尔、马尔科姆·洛里和朱塞佩·托马西·迪·兰佩杜萨相继逝世。帕斯：《榆树上的梨》、《太阳石》。达雷尔开始出版《亚历山大四重奏》。莱萨马·利马：《美洲的表达方式》。
1958年		"民族战线"第一任首领阿尔韦托·耶拉斯·卡马戈出任哥伦比亚总统。古巴革命爆发；弗尔亨西奥·巴蒂斯塔独裁政府垮台，菲德尔·卡斯特罗执政。委内瑞拉佩雷斯·希门内斯独裁政府垮台。中国开始"大跃进"。	胡安·拉蒙·希梅内斯逝世。卡彭铁尔：《时间的战争》。巴尔加斯·略萨：《首领们》。富恩特斯：《最明净的地区》。卡波特：《蒂梵内的早餐》。兰佩杜萨：《豹》（逝世后发表）。波伏娃：《一个循规蹈矩的少女回忆》。多诺索：《加冕礼》。阿格达斯：《深沉的河流》。亚马多：《加布里埃拉，丁香和肉桂》。戈伊蒂索洛：《郊外》。费尔南多·博特罗：《死去的主教们》（布面油画）。

作家年表（小说集写作背景资料）

续表

年份	作家	历史背景	文化背景
1959年		哥伦比亚自由党和保守党签订《锡切斯宣言》，以减轻1948年开始横行的暴力现象。菲德尔·卡斯特罗组织开展"真理行动"，对弗尔亨西奥·巴蒂斯塔的左膀右臂索萨·布兰科进行审判。美国总统艾森豪威尔与苏联领导人赫鲁晓夫举行首脑会议就裁军问题进行协商。苏联卫星首次传回月球背面照片。罗马教皇约翰二十三世召集世界基督教大会，教会将涉及社会问题，并根据教徒需要进行重组。越南战争爆发，美国参战。	奥内蒂：《无名氏墓志》。富恩特斯：《良心》。聂鲁达：《一百首爱情十四行诗》。戈尔丁：《自由落体》。伯尔：《九点半钟的台球》。格拉斯：《铁皮鼓》。威廉斯：《甜蜜的青春鸟》。斯坦贝克：《珍珠》。罗西里尼：《罗维雷将军》。费里尼：《甜蜜生活》。比奥伊·卡萨雷斯：《爱的花环》。科塔萨尔：《神秘武器》。科特·拉穆斯：《日常生活》。埃切韦里·梅西亚：《火焰和镜子》。盖坦·杜兰：《看不见的革命》。鲁兹·马查多：《给时间先生的信》。蒙特罗索：《作品全集（和其他短篇小说）》。阿尔瓦罗·穆迪斯：《莱昆韦里日记》。皮康·萨拉斯：《从三个世界返回》。帕斯：《水与风》。贝内德蒂：《蒙得维的亚人》。
1960年		古巴将所有美国公司收归国有。塞浦路斯共和国成立。一次地震将阿加迪尔（摩洛哥）摧毁。	加缪逝世。费里斯贝托·埃尔南德斯：《淹水之屋》。卡夫雷拉·因方特：《平时和战时一个样》。莱萨马·利马：《赠与者》。罗亚·巴斯托斯：《人之子》。卡内蒂：《群众与权力》。科塔萨尔：《中奖彩票》。达雷尔作品《亚历山大四重奏》出版。德·西卡：《两个女人》。罗西里尼：《意大利万岁》。维斯康蒂：《罗科和他的兄弟们》。斯特拉文斯基：《讲道、叙事和祈祷》。豪尔赫·路易斯·博尔赫斯：《诗人》（诗歌散文集）。

续表

年份	作家	历史背景	文化背景
1961年		委内瑞拉与古巴断交。 菲德尔·卡斯特罗宣布古巴革命的社会主义性质。 美国入侵古巴猪湾。 柏林墙建起。 肯尼迪建立争取进步联盟。 苏联把人类首次送上太空。	海明威逝世。萨巴托:《英雄与坟墓》。盖坦·杜兰:《如果我明天醒了》。福柯:《古典时期疯狂史》。斯特拉文斯基:《洪水》。休斯顿:《叛乱生活》。伯格曼:《犹在镜中》。拉图尔达:《出乎意料》。布努埃尔:《维莉迪安娜》。
1962年		吉列尔莫·莱昂·巴伦西亚·穆尼奥斯当选为哥伦比亚总统。 古巴陷入导弹危机;美国以发动全面战争威胁;将导弹运往古巴的苏联船只撤回苏联。 梵蒂冈第二届大公会议召开。 尼加拉瓜成立政治组织 F.S.L.N.(桑地诺民族解放阵线)。	威廉·福克纳、赫尔曼·黑塞和盖坦·杜兰三人相继逝世。约翰·斯坦贝克获得诺贝尔文学奖。卡彭铁尔:《光明世纪》。富恩特斯,《阿尔特米奥·克罗斯之死》。奥内蒂:《多么可怕的地狱》。阿尔比:《谁害怕弗吉尼亚·伍尔夫?》。昆德拉《密钥之主》。纳博科夫:《微暗的火》。加西亚·马尔克斯:《格兰德大妈的葬礼》。比奥伊·卡萨雷斯:《影子边》。吉马良斯·罗莎:《头条新闻》。科塔萨尔:《克罗诺皮奥与法玛的故事》。伯格曼:《领圣体者》。拉图尔达:《黑手党》。费里尼:《八部半》。斯特拉文斯基:《阿伯拉罕和伊萨克》

作家年表(小说集写作背景资料)

续表

年份	作家	历史背景	文化背景
1963年		美国和苏联签署了禁止核试验条约。约翰·费兹杰拉尔德·肯尼迪总统遇刺身亡。哥伦比亚游击队重现并壮大。	菲利斯贝尔托·埃尔南德斯、阿道司·赫胥黎逝世。巴加斯·略萨：《城市与狗》。卡夫雷拉·因方特《二十世纪的一个任务》。萨巴托：《作家及其魅影》。科塔萨尔：《跳房子》。伯尔：《一个小丑的意见》。J.A.席尔瓦：《诗歌全集》（逝世后出版）。埃查瓦里亚：《路人》。伯格曼：《沉默》。
1964年	阿尔韦托·富格特生于智利圣地亚哥。	美国占领巴拿马运河。马丁·路德·金获得诺贝尔和平奖。印度总理贾瓦哈拉尔·尼赫鲁逝世。埃及阿斯旺水坝投入使用。OLP（巴勒斯坦解放组织）成立。	萨特拒绝诺贝尔文学奖。卡彭铁尔：《讨好与差别》。萨特：《词语》。加西亚·马尔克斯：《死亡时刻》。阿格达斯：《所有的血》。豪尔赫·萨拉梅亚：《台阶上的梦想》。穆蒂斯：《丢掉的工作》。斯特拉文斯基：《序曲和变奏》。德·西卡：《昨天，今天和明天》。卡夫雷拉·因方特：《三只忧伤的老虎》。里韦罗：《瓶与人》。
1965年		罗德西亚独立导致英联邦陷入危机。温斯顿·丘吉尔逝世。	萨默塞特·毛姆和T.S.艾略特相继辞世。博尔赫斯与贝克特共揽福门文学托尔奖。贝内德蒂：《谢谢你给的火》。格雷夫斯：《诗歌选集》。三岛由纪夫：《失去大海恩宠的水手》。马雷夏尔：《塞维罗和阿尔坎杰洛的宴会》。埃内斯托·卡德纳尔：《为玛丽莲·梦露祈祷》（诗歌）。

续表

年份	作家	历史背景	文化背景
1966年		卡洛斯·列拉斯·雷斯特雷波任哥伦比亚总统。第一届三大洲团结会议在哈瓦那举行。中国爆发无产阶级文化大革命。雷内·巴里恩托斯任玻利维亚总统。哥伦比亚、玻利维亚、厄瓜多尔、智利和秘鲁签订安第斯条约。苏联发射第一个月球探测器,并发射金星探测器。	勃勒东和伊夫林·沃逝世。巴尔加斯·略萨:《绿房子》。莱萨马·利马:《天堂》。多诺索:《这个星期天》。罗亚·巴斯托斯:《空地》。卡夫雷拉·因方特:《三只忧伤的老虎》。富恩特斯:《圣地》。阿格达斯:《世界之爱》。卡波特:《冷血》。科塔萨尔:《万火归一》。福柯:《词与物》。阿朗戈:《在电椅上读的散文》。贝内德蒂:《对着吊桥》。塞拉:《孤寂》。G.迭戈:《道德颂》。埃利松多:《晚香玉或夏天》。加门迪亚:《双层底》。戈伊蒂索洛:《身份特征》。帕斯:《四面八方的风》。乌斯拉尔·彼特里:《路人的脚步》。季诺:《玛法达》。

续表

年份	作家	历史背景	文化背景
1967年	埃德蒙多·帕斯·索尔丹生于玻利维亚科恰班巴。	一场地震摧毁了加拉加斯。越南城市边树（Ben Suc）被毁。罗素审判委员会认为美国为越战罪行责任国。阿拉伯和以色列爆发冲突。阿根廷-古巴游击队领导人埃内斯托·"切"·格瓦拉在玻利维亚遇害。希腊发生政变。中国第一颗氢弹爆炸成功。	阿莱格里亚、吉马良斯·罗莎、基龙多和麦卡勒斯相继辞世。阿斯图里亚斯获诺贝尔文学奖。巴尔加斯·略萨以《绿房子》获罗慕洛·加列戈斯国际文学奖。富恩特斯：《换皮》。多诺索：《无边界的地方》。M.费尔南德斯：《永恒小说博物馆》（逝世后出版）。罗亚·巴斯托斯：《水上行》。戈尔丁：《金字塔》。昆德拉：《玩笑》。波伏瓦：《破碎的女人》。加西亚·马尔克斯：《百年孤独》。马雷查尔：《科连特斯大街上的故事》。科塔萨尔：《一日游遍八十个世界》J.亚马多：《堂娜弗洛尔和她的两个丈夫》。休斯顿：《情房禁变》。伯格曼：《狼之时刻》。阿拉贡：《空白或遗忘》。贝内德蒂：《混血大陆上的文学》。博尔赫斯：《虚构集》。卡兰萨：《书写的心》。杜拉斯：《英国情人》。帕斯：《布兰卡》。罗哈斯·艾拉索：《大主教十一月前来》。巴尔加斯·略萨：《幼崽》。

续表

年份	作家	历史背景	文化背景
1968年	加夫列拉·阿莱曼生于里约热内卢。	墨西哥城奥运会开幕前几日,在特拉特洛尔科广场示威游行的学生们惨遭屠杀。巴黎索邦神学院学生运动导致法国陷入全国性罢工。巴拿马方面,奥马尔·托里霍斯推翻阿里亚斯总统。美国的马丁·路德·金和参议员罗伯特·肯尼迪遭到暗杀。华沙条约组织军队攻入捷克斯洛伐克社会主义共和国。秘鲁、厄瓜多尔、玻利维亚、智利、哥伦比亚和委内瑞拉成立安第斯共同体。	斯坦贝克逝世。富恩特斯的《换皮》获简明丛书奖。昆德拉获捷克斯洛伐克作家联盟奖。聂鲁达:《白天的手》。尤瑟纳尔:《苦炼》。三岛由纪夫:《奔马》。杰尔西:《旅行诗集》。伯格曼:《羞耻》。加西亚·马尔克斯和巴尔加斯·略萨:《拉丁美洲小说:对话》。托马斯·古铁雷斯·阿莱亚:《低度开发的回忆》。《切·格瓦拉玻利维亚日记》得以公开。曼努埃尔·普伊格:《丽塔·海沃兹的背叛》。阿尔弗雷多·布里塞·埃切尼克:《封闭的果园》。
1969年		美国宇航员首次登月。	阿格达斯逝世。贝克特获诺贝尔文学奖。伍德斯托克音乐节举行。博尔赫斯:《阴影礼赞》。聂鲁达:《世界末日》。巴尔加斯·略萨:《大教堂里的谈话》。格雷厄姆·格林:《与姑妈同游》。奥登:《无墙的城市》。福柯:《知识考古学》。纳博科夫:《阿达》。帕斯:《结与解》。伯格曼:《激情》。维斯康蒂:《受苦的人们》。雷纳多·阿里纳斯:《奇妙世界》。奥古斯托·蒙特罗索:《黑羊及其它寓言故事》。

作家年表（小说集写作背景资料）

续表

年份	作家	历史背景	文化背景
1970年	佩德罗·迈拉尔生于布宜诺斯艾利斯。	五月，美国俄亥俄州肯特州立大学四名学生在反对美军进入柬埔寨的抗议活动中死在国民警卫队枪下。此次造成全国四百多所大学学生强烈抗议。但尼克松总统对示威游行置之不理。中华人民共和国加入联合国。	马雷查尔、多斯·帕索斯、E.M.福斯特、三岛由纪夫、罗素相继辞世。索尔仁尼琴获诺贝尔文学奖。博尔赫斯：《布罗迪报告》。聂鲁达：《天石》。多诺索：《污秽的夜鸟》。昆德拉：《荒唐的爱》。三岛由纪夫：《富饶的海》。加西亚·马尔克斯：《一个遇难者的故事》。布里塞·埃切尼克：《尤利乌斯的世界》。何塞·埃米利奥·帕切科：《别问我时间如何流逝》。
1971年	爱德华多·哈尔丰生于危地马拉城。	2月26日，第六届泛美运动会开幕几个月前，卡利警方镇压学生示威游行时当街造成伤亡。让-克洛德·杜瓦利埃担任海地总统。伊迪·阿明·达达掌握乌干达政权。	斯特拉文斯基逝世。聂鲁达获诺贝尔文学奖。巴尔加斯·略萨：《加西亚·马尔克斯：弑神者的故事》。福斯特：《莫里斯》（逝世后出版）。伯尔：《莱尼和他们》。加莱亚诺：《拉丁美洲被切开的血管》。科塔萨尔：《帕梅奥斯和梅奥帕斯》。维斯康蒂：《魂断威尼斯》。
1972年	埃纳·露西亚·波特拉生于哈瓦那	慕尼黑奥运会遭阿拉伯恐怖袭击：11名以色列运动员遇害。一次地震摧毁了马那瓜。第一届拉丁美洲石油部长协商会议在加拉加斯召开。英国签订入盟条约加入欧洲经济共同体。	埃兹·拉庞德逝世。海因里希·伯尔获诺贝尔文学奖。加西亚·马尔克斯的《百年孤独》获罗慕洛·加列哥斯奖。多诺索：《文学"爆炸"亲历记》。萨特：《家里的傻瓜》。波伏娃：《了结一切》。奥克塔维奥·帕斯：《伊索的新宴》。科塔萨尔：《天文台散文》。伯格曼：《呼喊与细语》。加西亚·马尔克斯：《纯真的埃伦蒂拉和残忍的祖母——一个令人难以置信的悲惨故事》。

续表

年份	作家	历史背景	文化背景
1973年	瓜达卢佩·内特尔生于墨西哥城。	在智利，奥古斯托·皮诺切特通过政变推翻萨尔瓦多·阿连德社会主义政府，阿连德被杀害。 庞隆重返阿根廷再次当选总统。 哥伦比亚M-19游击队运动组织产生。 美国发生水门事件。 《巴黎和平条约》签署，美国终止越战行动。 东德和西德加入联合国。 十月战争：阿拉伯国家袭击以色列。	毕加索、卡萨尔斯、巴勃罗·聂鲁达、W.H.奥登相继逝世。马里奥·巴尔加斯·略萨：《潘达雷昂上尉与劳军女郎》。帕斯：《符号与涂鸦》。昆德拉：《生活在别处》。尤瑟纳尔：《虔诚的回忆》。科塔萨尔：《曼纽尔手册》。伯格曼：《婚姻生活》。雅各布·比尔德：《深刻的生活》。奥内蒂：《死神与女孩》。
1974年		阿方索·洛佩斯·米切尔森当选哥伦比亚总统。 水门事件之后，尼克松总统被迫辞职。 阿根廷社会危机深化。 英国政府宣布进入紧急状态。 胡安·多明戈·庞隆和乔治·蓬皮杜逝世。	阿斯图里亚斯、德·西卡、阿尔法罗·西凯罗斯、奥雷利奥·阿图罗相继辞世。加西亚·马尔克斯：《蓝狗的眼睛》。聂鲁达：《回首话沧桑：聂鲁达回忆录》（逝世后出版）。M.费尔南德斯：《阿德里安娜布宜诺斯艾利斯》（逝世后出版）。卡夫雷拉·因方特：《回归线上的黎明》。帕斯：《猴子语法学家》。萨巴托：《毁灭者阿巴栋》。伯尔：《肉体的代价》。卡内蒂：《耳闻集》。伯格曼：《魔笛》。维斯康蒂：《悄悄话》。拉图尔达：《小姑娘》。费里尼：《我记得》。奥古斯托·罗亚·巴斯托斯：《我，至高无上者》。布里塞·埃切尼克：《快乐哈哈》。

续表

年份	作家	历史背景	文化背景
1975年		美国从越南撤出最后的军队,越南战争结束。英国承认柬埔寨政权和南越政权。弗朗西斯科·佛朗哥逝世,波旁王族胡安·卡洛斯一世继位,西班牙恢复君主制。哥伦比亚的罗哈斯·皮尼利亚逝世。	卡彭铁尔:《巴洛克音乐会》。富恩特斯:《我们的土地》。加西亚·马尔克斯:《族长的没落》和《加夫列尔·加西亚·马尔克斯短篇小说全集(1947-1972)》。福柯:《规训与惩罚》。贝托鲁奇:《1990》。绍拉:《姑息养奸》。罗西里尼:《弥赛亚》。拉图尔达:《狗心》。博尔赫斯:《沙之书》。里韦罗:《无国籍散文》。
1976年		阿根廷发生军事政变。毛泽东逝世。	卢奇诺·维斯康蒂逝世。普伊格:《蜘蛛女之吻》。乌斯拉尔·彼特里:《逝者之事》。恰里·拉拉:《读诗者》。巴尔加斯·略萨:《无休止的纵欲》。卡夫雷拉·因方特:《如此驱魔》。昆德拉:《告别华尔兹》。福柯:《认知的意识》。休斯顿:《霸王铁金刚》。维斯康蒂:《无辜》

续表

年份	作家	历史背景	文化背景
1977年	丹尼尔·阿拉尔孔生于利马。	美国承认巴拿马对运河的主权:《托里霍斯-卡特条约》。西班牙举行四十年里首次自由大选。埃及总统萨达特与以色列总理贝京就寻求中东和平进行会晤。	弗拉基米尔·纳博科夫、查理·卓别林、罗伯托·罗西里尼、玛丽亚·卡拉斯相继逝世。罗慕洛·加列戈斯奖授予卡洛斯·富恩特斯。比奥伊·卡萨雷斯与豪尔赫·路易斯·博尔赫斯:《布斯托斯·多美哥纪事》。V.迪·摩赖斯:《诺亚方舟》。巴尔加斯·略萨:《胡莉娅姨妈与作家》。莱萨马·利马:《奥皮阿诺·里卡利奥》(逝世后出版)。尤瑟纳尔:《北方档案》。卡内蒂:《得救之舌》。伯格曼:《蛇蛋》。阿莱霍·卡彭铁尔获塞万提斯文学奖。里韦罗:《西尔维奥在玫瑰园》(短篇)。
1978年	萨曼塔·施维伯林生于布宜诺斯艾利斯。	保罗六世逝世。马那瓜《新闻报》编辑佩德·罗华金·查莫罗遇害。胡利奥·塞萨尔·图尔瓦伊·阿亚拉担任哥伦比亚总统。	巴谢维丝·辛格获诺贝尔文学奖。爱德华兹:《旁观者》。卡夫雷拉·因方特:《阿卡迪亚的每个夜晚》。卡彭铁尔:《春天的献祭》。多诺索:《别墅》。富恩特斯:《多头蛇》。格林:《人性的因素》。帕斯:《仁慈的妖魔》。伯格曼:《秋日奏鸣曲》。比奥伊·卡萨雷斯:《女中豪杰》。阿图罗·利普斯坦:《没有边界的地方》(电影,根据何塞·多诺索小说改编)。

续表

年份	作家	历史背景	文化背景
1979年		尼加拉瓜内战：桑地诺民族解放阵线（F.S.L.N.）推翻安纳斯塔西奥·索摩查·德瓦伊莱（塔奇托），并建立由重建委员会领导的新政府。墨西哥与尼加拉瓜断交。伊朗暴乱：国王巴列维被推翻。玛格丽特·撒切尔出任英国首相。	维尔吉利奥·皮涅拉逝世。卡彭铁尔：《竖琴与阴影》。卡夫雷拉·因方特：《年幼逝者的哈瓦那》。多诺索：《别墅》。豪尔赫·路易斯·博尔赫斯获塞万提斯文学奖。
1980年		安纳斯塔西奥·索摩查在巴拉圭遇刺身亡。伊朗和伊拉克之间爆发两伊战争。罗纳德·里根当选美国总统。	拉斐尔·玛雅、阿莱霍·卡彭铁尔、让-保罗·萨特相继逝世。埃科：《玫瑰的名字》。科博·博尔达：《贫困的传统》。索托·阿帕里西奥：《脚下之路》。富恩特斯：《一个遥远的家庭》。卡内蒂：《耳中火炬》。费里尼：《女人城》。
1981年		哥伦比亚与古巴断交。教皇约翰·保罗二世遭遇袭击。奥马尔·托里霍斯逝世。法国社会党总统候选人弗朗索瓦·密特朗选举获胜。	卡内蒂获诺贝尔文学奖。阿尔瓦罗·穆蒂斯：《队商旅馆》。恰里·拉拉：《情人的心思》。巴尔加斯·略萨：《世界末日之战》。富恩特斯：《烈火焚水》。多诺索：《隔壁花园》。赫尔措格：《陆上行舟》。奥克塔维奥·帕斯获塞万提斯文学奖。

续表

年份	作家	历史背景	文化背景
1982年		贝利萨里奥·贝坦库尔当选哥伦比亚总统。哥伦比亚成为不结盟运动成员国。费利佩·冈萨雷斯当选西班牙首相。英国和阿根廷马岛战争爆发。巴勒斯坦难民营惨遭大屠杀。	加西亚·马尔克斯获诺贝尔文学奖。奥内蒂:《市场和小生猪》。赫尔曼·埃斯皮诺萨:《编织皇冠的人》。
1983年		一场地震摧毁哥伦比亚城市波帕扬。不结盟运动首脑会议在新德里召开。德国绿党成为第三大党。	田纳西·威廉斯、胡安·米罗逝世。戈尔丁获诺贝尔文学奖。伯格曼:《芬妮和亚历山大》。休斯顿:《火山之下》。科拉佐斯:《加西亚·马尔克斯:孤独和荣耀》。
1984年	托马斯·冈萨雷斯,《最初是海》(小说)。	哥伦比亚司法部长罗德里戈·拉拉·博尼利亚遇害。尼加拉瓜重建委员会协调员丹尼尔·奥尔特加出任国家总统。里根再度当选美国总统。英迪拉·甘地遇刺身亡。玛格丽特·撒切尔遇袭。	佩德罗·奈尔·戈麦斯、胡利奥·科塔萨尔、杜鲁门·卡波特相继逝世。阿尔瓦罗·穆蒂斯:《使节》。阿西涅加斯:《玻利瓦尔和革命》。哈拉米略·埃斯科瓦尔:《律师帽》。昆德拉:《生命不能承受之轻》。埃内斯托·萨巴托获塞万提斯文学奖。

续表

年份	作家	历史背景	文化背景
1985年		哥伦比亚M-19游击队运动在波哥大占领司法院。 鲁伊斯火山爆发吞没了哥伦比亚阿美罗镇。 苏联共产党总书记米哈伊尔·戈尔巴乔夫提出苏联政治开放。 墨西哥发生地震。	爱德华多·卡兰萨逝世。加西亚·马尔克斯:《霍乱时期的爱情》。哈拉米略·埃斯科瓦尔:《热土上的诗》。乔瓦尼·盖塞普:《梅尔林之死》。恰里·拉拉:《哥伦比亚诗人与诗歌》。
1986年		教皇约翰·保罗二世访问哥伦比亚。 比尔希略·巴尔科当选哥伦比亚总统。 尼加拉瓜反对党联盟成立。 美国袭击利比亚锡德拉湾。 科拉松·阿基诺打败费迪南德和伊梅尔达·马科斯赢得菲律宾总统大选。	豪尔赫·路易斯·博尔赫斯逝世。科博·博达:《美洲文学》。恰里·拉拉:《熊熊爱火》。阿瓦雷斯·加德亚莎瓦尔:《神性》。
1987年	托马斯·冈萨雷斯以小说《在遗忘之前》获得国家普拉萨·简斯小说奖。	哥伦比亚记者、《旁观者报》社长吉列尔莫·卡诺和"爱国同盟"总统候选人海梅·帕尔多·莱亚尔遭暗杀。 苏联开始实行开放政策(Glasnost)。	卡洛斯·富恩特斯获塞万提斯文学奖。

续表

年份	作家	历史背景	文化背景
1988年		哥伦比亚首次进行公投选举市长。智利皮诺切特举行全民公决否决其连任总统。	萨曼·拉什迪：《撒旦诗篇》。科博·博达：《火之国》。
1989年		哥伦比亚自由党总统候选人路易斯·卡洛斯·加兰遭暗杀。巴拉圭方面，斯特罗斯纳倒台。罗马尼亚独裁者齐奥塞斯库倒台。苏联从阿富汗撤军。乔治·布什就任美国总统。	卡洛斯·卡斯特罗·萨维德拉逝世。塞拉获诺贝尔文学奖。奥古斯托·罗亚·巴斯托斯获塞万提斯文学奖。

作家年表（小说集写作背景资料）

续表

年份	作家	历史背景	文化背景
1990年		哥伦比亚M-19游击队运动停止武装斗争，放下武器投身政治。该组织首领兼总统候选人卡洛斯·皮萨罗遭暗杀。 美国入侵巴拿马，推翻军事独裁者曼努埃尔·安东尼奥·诺列加。 米哈伊尔·戈尔巴乔夫在苏联推行经济改革（Perestroika）。 塞萨尔·加维里亚当选哥伦比亚总统。 比奥莱塔·查莫罗担任尼加拉瓜总统。 柏林墙倒塌，东西德统一。 美国和伊拉克在波斯湾相互展开战争威胁。	劳伦斯·达雷尔逝世。奥克塔维奥·帕斯获诺贝尔文学奖。乌斯拉尔·彼特里：《时光之旅》。穆蒂斯：《阿米尔巴》。阿道夫·比奥伊·卡萨雷斯获塞万提斯文学奖。
1991年	阿尔韦托·富格特：《嘲笑声》（小说）。	哥伦比亚设立全国制宪议会。 美军率领的盟军进行代号"沙漠风暴"的军事行动，展开对伊拉克的进攻，波斯湾战争爆发。 苏联解体，成立独立国家联合体，波罗的海三国独立。	格雷厄姆·格林逝世。纳丁·戈迪默获诺贝尔文学奖。乌斯拉尔·彼特里因《时光之旅》获罗慕洛·加列戈斯奖。埃斯皮诺萨：《语言的冒险》。帕斯：《汇聚》。乌斯拉尔·彼特里：《新世界的创造》。塞尔希奥·皮托尔：《已婚生活》。

续表

年份	作家	历史背景	文化背景
1992年		里约热内卢举行地球高峰会。委内瑞拉军事政变未遂。	艾萨克·阿西莫夫逝世。德里克·沃尔科特获诺贝尔文学奖。阿西涅加斯：《美洲是个异物》。杜尔塞·玛利亚·洛伊纳斯获塞万提斯文学奖。
1993年	阿尔韦托·富格特：《随身听故事》。	委内瑞拉总统卡洛斯·安德烈斯·佩雷斯被弹劾。比尔·克林顿就任美国总统。	塞沃罗·萨都伊、西尔维纳·奥坎波逝世。托尼·莫里森获诺贝尔文学奖。门波·西亚尔迪内里获罗慕洛·加列哥斯奖。富恩特斯：《橘树，时间的循环》、《被埋葬的镜子》。穆蒂斯：《陆地与海洋三部曲》。奥内蒂：《当无关紧要之时》。
1994年	胡里奥·帕雷德斯：《朱庇特之殿及其他故事》。	埃尔斯托·桑佩尔·皮萨诺当选哥伦比亚总统。加拿大、墨西哥和美国三国签署自由贸易协定。哥伦比亚与古巴恢复外交关系。越南经济封锁解除。前南斯拉夫民族战争再次加剧。	大江健三郎获诺贝尔文学奖。马里奥·巴尔加斯·略萨获塞万提斯文学奖。

续表

年份	作家	历史背景	文化背景
1995年	托马斯·冈萨雷斯：《洪卡-蒙卡国王》（短篇小说集）。	哥伦比亚国家总检察院启动"八千流程"调查埃内斯托·桑佩尔竞选总统时曾接受"卡利集团"（哥伦比亚主要贩毒集团）资助一事。	谢默斯·希尼获诺贝尔文学奖。
1996年	加夫列拉·阿莱曼：《邪恶之心》（短篇小说集），佩德罗·迈拉尔：《似鸟之虎》(诗歌)。	阿尔瓦罗·阿尔苏·伊里戈延出任危地马拉总统，签署危地马拉反政府游击队与政府间和平协议。墨西哥恰帕斯州萨帕塔反叛者与墨西哥政府首次签署和平协定。一个自称为"人民革命军（EPR）"的新游击队组织在墨西哥南部格雷罗州产生，声称要通过武装斗争实现政府民主化。	维斯瓦娃·辛波丝卡获诺贝尔文学奖。马丁·盖特：《活着很奇怪》。阿尔维托·曼古埃尔：《阅读日记》。贾德：《主教的情人》。E.门多萨：《一部轻喜剧》。马图特：《被遗忘的固杜国王》。塞尔希奥·皮托尔：《逃逸的艺术》。

续表

年份	作家	历史背景	文化背景
1997年	托马斯·冈萨雷斯：《奥拉西奥》（小说）。胡里奥·帕雷德斯：《迷途之缰》（短篇小说集）。埃德蒙多·帕斯·索尔丹以短篇小说《多切拉》获得胡安·鲁尔福文学奖。	英国在156年后将其殖民地香港归还中国。戴安娜王妃在巴黎遭遇车祸逝世。特蕾莎修女逝世。	曾出演阿尔弗雷德·希区柯克导演的《绳索》和《后窗》的詹姆斯·史都华逝世。达里奥·福获诺贝尔文学奖。弗兰克·盖里设计的毕尔巴鄂古根海姆艺术博物馆揭牌。卡夫雷拉·因方特获塞万提斯文学奖。胡安·戈伊蒂索洛：《天堂里的欢快》。维拉·马塔斯：《奇怪的生命形式》。罗伯托·波拉尼奥：《打电话》。
1998年	佩德罗·迈拉尔以其作品《与萨布丽娜·洛弗共度一夜》获得克拉林小说奖。阿尔韦托·富格特：《请倒带》（小说）。	三月，塞尔维亚部队大举进攻南斯拉夫南部科索沃地区的十多个村落，造成数十人死亡。塞尔维亚总统斯洛博丹·米洛舍维奇拒绝从该地区撤军，也不接受和平协定。北大西洋公约组织谴责对科索沃的种族清洗。美国总统比尔·克林顿性丑闻事件。"米奇"飓风袭击危地马拉、洪都拉斯、尼加拉瓜和萨尔瓦多，造成两万人死亡。	奥克塔维奥·帕斯、埃莱娜·加罗逝世。何塞·萨拉马戈获诺贝尔文学奖。罗伯托·波拉尼奥：《荒野侦探》。

作家年表(小说集写作背景资料)

续表

年份	作家	历史背景	文化背景
1999年	胡安·比略罗,《无家》(短篇小说集)。埃纳·露西亚·波特拉以短篇小说《老者,凶手和我》获得胡安·鲁尔福文学奖。埃德蒙多·帕斯·索尔丹以小说《逝者如斯》入围罗慕洛·加列戈斯奖最后角逐。	1月7日,在圣维森特·德尔卡古安,安德烈斯·帕斯特拉纳·阿朗戈政府同哥伦比亚革命武装力量(FARC)开始和平进程。1月25日一场大地震袭击哥伦比亚咖啡轴心地。九十六年后美国从巴拿马撤军,运河主权归还给巴拿马。北大西洋公约组织盟军打败南斯拉夫军队。被地震摧毁的哥伦比亚省份开始重建。欧元作为欧盟新货币开始在欧洲十一国流通。	斯坦利·库布里克、何塞·路易斯·卡诺、阿道弗·毕欧伊·卡萨雷斯、赫尔曼·阿西涅加斯相继去世。君特·格拉斯获诺贝尔文学奖。豪尔赫·爱德华兹获塞万提斯文学奖。

续表

年份	作家	历史背景	文化背景
2000年	弗朗西斯科·隆巴尔迪将阿尔韦托·富格特小说《红墨水》拍成电影。胡安·比略罗:《真爱效应》(散文)。胡里奥·帕雷德斯:《家事》(短篇小说集)。埃德蒙多·帕斯·索尔丹:《数字化梦想》(小说),加夫列拉·阿莱曼:《永久越狱》。佩德罗·迈拉尔:《今日早些时候》(短篇小说集)	奥古斯托·皮诺切特在伦敦被押十六个月后,终回到智利。比森特·福克斯当选墨西哥总统,当政七十一年的革命制度党(PRI)败北。执政十余年后,秘鲁总统阿尔韦托·藤森因腐败丑闻递交辞呈。	高行健获诺贝尔文学奖。弗朗西斯科·乌布拉尔获塞万提斯文学奖。萨拉马戈:《洞穴》。萨巴托:《反抗》。艾柯:《波多里诺》。曼古埃尔:《读图》。

作家年表(小说集写作背景资料)

续表

年份	作家	历史背景	文化背景
2001年	埃德蒙多·帕斯·索尔丹:《欲望之事》。埃纳·露西亚·波特拉:《暗影行者》(小说)。	9月11日,美国遭遇史上最严重的恐怖袭击。两架飞机撞向世界贸易中心双子大楼,大楼在遭到攻击后倒塌。另一架飞机撞向位于美国华盛顿的五角大楼。基地组织声称制造了该起事件。阿根廷陷入史上最严重的数次经济危机之一。大罢工致国家瘫痪。阿根廷总统德拉鲁阿请辞。美国进攻阿富汗,推翻了塔利班政府。	豪尔赫·亚马多、安东尼·奎恩逝世。多丽丝·莱辛获阿斯图里亚斯亲王奖。阿尔瓦罗·穆蒂斯获塞万提斯文学奖。

续表

年份	作家	历史背景	文化背景
2002年	托马斯·冈萨雷斯:《蜻蜓》（小说）。	2月20日哥伦比亚总统安德烈斯·帕斯特拉纳·阿朗戈停止与革命武装力量（FARC）的和平谈判。四日后，该叛乱组织绑架总统候选人因格里德·贝坦库尔。阿尔瓦罗·乌里韦·贝莱斯当选哥伦比亚总统。	凯尔泰斯·伊姆雷获诺贝尔文学奖。钦蒂奥·比铁尔获胡安·鲁尔福文学奖。马里奥·巴尔加斯·略萨获纳博科夫奖。卡洛斯·索林:《些许故事》。
2003年	埃德蒙多·帕斯·索尔丹:《图灵的谵妄》。胡里奥·帕雷德斯:《水牢》。加夫列拉·阿莱曼:《身体时间》。爱德华多·哈尔丰:《这不是一个烟斗，萨图尔诺》（小说），《断尾》（小说）。阿尔韦托·富格特:《电影，我的生活》。佩德罗·迈拉尔,《最终买家》（诗歌）。埃纳·露西亚·波特拉以小说《墙上百瓶酒》赢得德塞夫勒·奥赛昂斯-格林扎内·卡武尔大奖赛。	美国和联合部队攻打伊拉克，使这一地区战事加剧。独裁者萨达姆·侯赛因在伊拉克提克里特被捕。	贡萨洛·罗哈斯获塞万提斯文学奖。

作家年表（小说集写作背景资料）

续表

年份	作家	历史背景	文化背景
2004年	胡安·比略罗以《目击者》获得埃拉尔德小说奖。阿尔韦托·富格特：《短》。埃纳·露西亚·波特拉：《重症》（短篇小说集）。胡里奥·帕雷德斯：《和西默农的五个午后》（小说）。爱德华多·哈尔丰：《文学天使》（小说）。	由法国和瑞士天文学家组成的团队用VTL欧洲天文望远镜观测到最遥远的星系，名为阿贝尔1835 IR1916，距离地球132.230亿光年.	埃尔弗列德·耶利内克获诺贝尔文学奖。罗伯托·波拉尼奥：《2666》。胡安·巴勃罗·雷韦利亚与巴勃罗·斯托尔合导：《威士忌》。
2005年	丹尼尔·阿拉尔孔：《阴影下的战争》。萨曼塔·施维伯林：《青年近卫军》（短篇小说集）。佩德罗·迈拉尔：《荒漠之年》（小说）。	伊拉克进行民主选举，选出全国制宪大会，大会须编写新的国家宪法、任命临时政府。	埃尔维拉·林多因其《你的一句话》获简明丛书奖。塞尔希奥·皮托尔获塞万提斯文学奖。

217

续表

年份	作家	历史背景	文化背景
2006年	托马斯·冈萨雷斯:《红树林》(诗歌)。胡安·比略罗:《上帝是圆的》(散文和足球评论)。埃纳·露西亚·波特拉:《重症》。丹尼尔·阿拉尔孔:《烛光下的战争》(短篇小说集)。瓜达卢佩·内特以《宾客》入围埃拉尔德小说奖的最终角逐。	米歇尔·巴切莱特当选智利第一位女总统。	奥尔罕·帕慕克获诺贝尔文学奖。埃克托尔·阿瓦德·法西奥林塞:《为了忘却的纪念》。
2007年	胡安·比略罗:《罪人》。爱德华多·哈尔丰:《七分钟动荡》(短篇小说集)。加夫列拉·阿莱曼:《威尔斯井》(小说)。丹尼尔·阿拉尔孔发表小说《缺失的电台》,被英国杂志《格兰塔》列为"二十一位英国青年小说家"之一。	萨达姆·侯赛因被判绞刑,年初行刑。政府间气候变化专门委员会在巴黎提交气候变化报告,其中提到2100年全球将升温1.8到4摄氏度,且90%归咎于人类工业活动。尼古拉·萨科齐当选法国总统。	多丽丝·莱辛获诺贝尔文学奖。《哈利·波特》系列的第七部,也是最后一部面世。席尔瓦·罗梅罗:《高矮次序》。丹尼尔·阿拉尔孔、加布列拉·阿莱曼、爱德华多·哈尔丰、佩德罗·迈拉尔、瓜达卢佩·内特尔、埃纳·露西亚·波特拉等被选进"波哥大39"社团;该社团集中了拉丁美洲39岁以下最优秀的作家。胡安·赫尔曼获塞万提斯文学奖。

续表

年份	作家	历史背景	文化背景
2008年	瓜达卢佩·内特尔:《花瓣》。爱德华多·哈尔丰:《波兰拳击手》(短篇小说集)。萨曼塔·施维伯林以《虫灾》获美洲卡萨小说奖。埃纳·露西亚·波特拉:《朱娜和丹尼尔》(小说)。由阿尔韦托·富格特编辑出版的安德烈斯·凯塞多自传《吾身为房》面世。		勒·克莱齐奥获诺贝尔文学奖。